中山七里

NAKAYAMA SHICHIRI

嗤う淑女 二人

The Mocking Ladies

実業之日本社

嗤う淑女 二人 目次

装幀　坂野公一＋吉田友美（welle design）
写真　©Claudia Fessler/thelicensingproject.com/amanaimages

嗤《わら》う淑女《しゅくじょ》　二人《ふたり》

一

日坂浩一

1

何、これ。

宴会場に一歩足を踏み入れた此城保奈美《このしろほなみ》は声にならない叫びを上げた。

天井からは大小様々のシャンデリアが吊《つ》り下がっており、会場全体を煌《きら》びやかに照らしている。一番大きなシャンデリアは宝石でできた城のように見える。なるほど華燭《かしょく》とはこういうものかと得心する。

『今度の同窓会は富士見《ふじみ》インペリアルホテル〈翡翠《ひすい》の間〉にて華やかに、そしてにぎやかに行います』

三週間前に届いた招待状を読んだ時、開催場所を知って驚いた。富士見インペリアルホテルといえば都内どころか、日本を代表する高級ホテルの一つだ。過去の同窓会より数段上のランクなので面食らい、参加費用が五千円と異常に安かったので二度驚いた。さては高級ホテルと似た名前の紛らわしい場所を見つけたのかと勘繰ってもみたが、現地に到着すると本物の富士見インペリアルホテルだったので三度驚いた。

そして〈翡翠の間〉の豪華さに四度驚いた。いったい宴会場の使用料はどこから捻出したのか。幹事を務める室橋謙治《むろはしけんじ》に確認しようとしたが、参加者の顔ぶれを見た瞬間に疑問が氷解した。

参加者の中に日坂浩一《ひさかこういち》の名前があったからだ。

日坂浩一が姿を現すと、彼の出席を知らされていなかったらしい女子が一斉に声を上げた。ある者は嬌声《きょうせい》、ある者は歓声、そしてある者はあからさまに侮蔑の声を口にした。しかも日坂はカメラマンまで同行させていたので余計に目立った。

単なるクラスメイト。中学の時分はニキビ面の冴《さ》えない男子の一人に過ぎなかった。だが、今や日坂は我がクラスの出世頭だ。大学卒業後に与党議員の秘書となり、数年後には国政選挙で見事当選を果したのだ。分不相応に思える会場の手配も、日坂が手を回したのだと考えれば腑《ふ》に落ちる。

十《とお》で神童十五で才子二十過ぎれば只《ただ》の人とはよく言うが、大抵のクラスには神童も才子もいない。だから著名人というだけで同窓会では持て囃《はや》される。芸能人とは比べるべくもないが、国会議員の肩書も相応に強力だ。しかも日坂浩一という名前は別の意味でも世間の耳目を集めていた。

「まさか日坂が来るとはなー」

偶然真横に立っていた朋絵《ともえ》が話しかけてきた。

「保奈美は知ってたの」

「ううん。受付で参加者一覧を受け取って、初めて知った」

「日坂もよく顔出す気になったよね。あんな騒ぎの最中だっていうのに」

朋絵は声を潜める。おそらくは会場にいる者全員が承知していることだが、それでも口にするにはいささかの勇気と底意地の悪さが要る。

ところが朋絵が口を開いた途端、まるで高性能のマイクで音を拾ったかのように日坂がこちらに歩いてきた。

「よお、朋絵に保奈美じゃないか。久しぶりだな」

日坂は半ば強引に二人の手を取り、強く握り締めてくる。握手するほどの間柄でもなく、保奈美にはまるで街頭演説の一コマのように思えてしまう。

「元気してたかい。ふたりとも変わりがないようで何より。あ、写真撮ってもいいからさ。SNSに上げてもいいよ」

言っている傍《そば》からカメラマンが日坂の振る舞いを撮影している。保奈美たちに撮影を許可しているのは交換条件のつもりらしい。

「同窓会に出席するの久しぶりだけどさ、俺が多忙なのは皆も分かってくれているよな。国会対策とか勉強会とかでプライベートな時間が取れないんだよ。真っ当な社会生活を送りたいのなら、議員なんてするもんじゃないよな。じゃあまた後で」

愛想笑いを貼りつかせたまま、日坂は別のグループに足を向ける。もちろんカメラマンはその後ろにぴたりとついていく。

「何あれ」

朋絵は呆気《あっけ》に取られているが、保奈美の方は日坂の思惑に気づいてうんざりし始めている。

「あれはね、朋絵。政治活動っていうのよ」

与党若手議員の中にあって日坂が特に注目を浴びているのは、およそ政治とはかけ離れた理由によるものだった。

一つは自身の私設秘書にパワーハラスメントをしていた事件だ。十も年上の秘書に対して、事務所内やクルマの中で耳を塞ぎたくなるような罵倒を繰り返し、時には拳さえ振るう。堪《たま》りかねた秘書本人が録音データをテレビ局に流して視聴者の知るところとなった。

もう一つは同じ国民党の女性議員との不倫疑惑だ。こちらは某日、六本木《ろっぽんぎ》のホテルから二人で出てきた現場を写真週刊誌に撮られた。問題は二人とも既婚者であったことだ。日坂は政策会議の流れで会食しただけと弁明したが、信じる者はごく少数だった。

二つのスキャンダルは連日のように報じられ、日坂の評判は地に堕《お》ちた。だが、日坂はそれで反省したり謝罪したりするような殊勝さなど毛ほども持ち合わせていなかった。自身のブログで潔白を主張するだけでなく動画配信を開始し、私生活の公開や交友関係の紹介など親近感の獲得に注力し始めたのだ。

無論、自身への批判を躱《かわ》すための行動であるのは一目瞭然であり、どうせ今日の同窓会参加も配信の素材にするつもりなのだろう。

会場の中に室橋の顔を見つけたので、保奈美は早速駆け寄った。

「室っち、幹事お疲れ様」

「お、おう」

「ところで日坂くんの後ろにくっついているカメラマン、何よ」

「あれはまあ何と言うか……」

「日坂浩一は議員になっても旧友との交流を決して蔑《ないがし》ろにしない。そういう画《え》を撮らせる対価が豪華すぎる会場の利用料じゃないの」

「分かっているんなら訊《き》くなよ」

室橋は迷惑そうに眉を顰《ひそ》める。

「男性七千円女性五千円の参加費で、こんな宴会場を借りられるはずがないだろ」

「同窓会を議員のパフォーマンスに売るなよ」

「非難されついでに教えてやるけど、乾杯の発声は日坂がすることになっている」

「うえ」

「後半に恩師からのスピーチが予定されているけど、ご丁寧にも予《あらかじ》め日坂の事務所がシナリオを用意してくれている。内容はもう察しがつくだろうが、日坂浩一大絶賛大会になっている」

「げ」

「気に食わなけりゃ、さっさと帰っていいぞ。俺もいい加減嫌になってる。会が終わる頃には大半のヤツらも嫌になっているはずだ。呼んだ二人の先生も少し遅れて来るしな」

「さっさと帰る？　バカ言わないでよ。美味《おい》しい料理とお酒をたっぷり堪能《たんのう》してから帰る。こんな同窓会、元取らなきゃやってられない」

室橋は同意を示すように親指を立ててみせた。

やがて予定の時間となり、室橋が壇上に立つ。

「えーっ、本日はかくもお集まりいただき誠にありがとうございます。幹事の室橋です。早いもので我々が秋川《あきがわ》第一中学校を卒業してから四半世紀にもなろうとしています。長い年月です。当時の仲間たちもある者は亡くなり、ある者は連絡が取れなくなりました」

出席者の何人かが頷《うなず》く。保奈美たちが入学した頃、都内では既に少子化の波が押し寄せていたにも拘《かか》わらず学校の数だけはやたらに多かった。そのために保奈美たちが入学した年度から一学年一クラスとなり、クラス替えが存在しなかったのだ。

「それでも二十人がこの場に集いました。幹事としてこれ以上嬉《うれ》しいことはありません。しかも仲間の一人は何と国会議員になってしまいました。ご紹介します。日坂浩一くんです。皆さん、拍手をお願いします」

会場の拍手に包まれながら、日坂が壇上の室橋と交代する。さすがに場慣れしており、マイクを握って登壇した姿は堂に入ったものだ。

「皆さん、お久しぶり。日坂浩一です」

選挙演説やパーティーでのスピーチで培われた話術もなるほどと思わせる。滑舌も鍛えられて、話し方にも澱《よど》みがない。初めて日坂のスピーチを聴く者なら感心しきりだろう。

だが中学の時分の日坂を知っている保奈美は白けていた。現在本人が引き起こしたスキャンダルは差し置いても、日坂が魅力ある人間とは到底思えない。日坂に喝采を送っている他のクラスメイトも、おそらく気持ちは保奈美と似たり寄ったりだろう。ただ国会議員という現在の肩書に配慮し、せっかくの同窓会に水を差したくないのだ。

日坂がスピーチをしている間、給仕たちが出席者全員にグラスを渡していく。

「さて、皆さんのお手元にグラスは行き渡りましたでしょうか。卒業から二十五年。変わるものもあり変わらぬものもあり。しかしわたしたちの友情と希望は変わらぬものと言えます。来年、いや、次の四半世紀後もこうして杯を交わすことを祈念して。乾杯！」

日坂の発声に合わせて全員がグラスの中身を呷《あお》る。保奈美も受け取ったばかりの赤ワインをひと口喉に流し込む。さすが一流ホテルの用意したワイン――と感心したのも束《つか》の間《ま》、口中に妙な渋さが広がった。タンニンの渋さではない。そう気づいた瞬間、食道から胃にかけて激痛が走った。

口中に残っていたワインを噴き出す。

まるで消化器官を焼き尽くすような痛みに、保奈美は上半身を反らし、すぐ床に倒れ込んだ。激痛は消化器官から他の臓器にも転移していく。肺が思うように動かず、呼吸もできなくなった。

瞬く間に意識が遠のいていく。急速に狭まっていく視界の中で、自分以外の者も床に倒れているのが見えた。

ぼんやりと意識が戻った次の瞬間、嘔吐《おうと》感がせり上がってきた。

保奈美は反射的に上半身を起こす。だが胃から出たのはわずかな薄黄色の液体だけで、ほとんど空嘔《からえずき》になってしまう。

周囲を見回すと、そこが病室であるのが分かる。

「先生、気がつきました」

傍らに立っていた看護師の声で医師らしき男が駆けつける。

「まだ動かないでください」

「……吐き気が」

「さっき徹底的に胃洗浄を行いました。もう吐くものなんて残っていませんよ」

では今吐き出した薄黄色の液体は胃液だったのか。

「幸運ですよ、あなた」

医師らしき男は安堵《あんど》したように言う。

「嚥下《えんげ》した液体が少量で済み、しかも吐いてくれた。更に運がいいことに、駆けつけた救急チームが最初に見つけたのがあなただったから胃洗浄も早かった」

「あのワインに何が入っていたんですか」

「詳細は分析待ちだが、青酸化合物の可能性が高いですね」

青酸化合物。

平凡な自分の人生には全く縁のない名前だったが、縁がなくても青酸化合物が毒物であることくらい承知している。

保奈美は浅く呼吸し、己の生を実感する。

そして、ようやく他の出席者に考えが及んだ。意識を失う寸前、何人か床に倒れている者を目撃したはずだ。

「他の人たちは無事ですか」

医師らしき男は自分の手を保奈美の手に重ねてきた。自分が話す前に落ち着いてほしいという所作だった。

「三人。あなたを含めて助かったのは三人だけです」

予想外の数字に計算が遅れた。

「あとの十七人は」

「残念ですが……」

束の間、保奈美は声を失った。

途端に、背中に悪寒が走る。

状況に鑑みると、三人は助かったものの九割近くの人間が命を落としたらしい。つまりは無差別殺人であり、保奈美が長らえたのは紛れもなく僥倖《ぎょうこう》だったことになる。

「みんな思い思いの飲み物でしたよ。ワインもあればビールもありました」

「まだ警察の捜査も始まったばかりで詳細は何も。しかし亡くなった方全員が同じ症状で倒れています。十中八九、同じ青酸化合物を盛られたのだと思いますよ」

「わたしを含めて三人助かったんですよね。あとの二人は誰と誰ですか」

「わたしも氏名までは把握できていません」

その時、ドアを開けて一人の男が入ってきた。身なりからして明らかに医療従事者ではない。

「どうやら回復されたようですね。先生、もう事情聴取してもよろしいですか」

「もう、ではなく、まだ、です。予断を許さない状況ですから質疑応答は五分以内にしてください」

一応の了解を得ると、男は警察手帳を提示してみせた。

「警視庁刑事部捜査一課の宮間《みやま》です。事件についてお伺いしたいことがあります」

捜査一課という所属部署を名乗られると、改めて自分が大変な事件に巻き込まれている事実を認めざるを得ない。ベッドに横たわっていても、膝から下が小刻みに震え出した。

宮間の質問は複雑なものではなかった。パーティーの趣旨と参加した人数、そしてドリンクが皆の手に渡った経緯を訊いてきた。保奈美も必死に記憶を探ったが、まだ頭痛が残っていて頭が充分に働かない。そもそも久しぶりに会えた旧友たちの姿を追うのに一生懸命でホテル従業員の動きなど露ほども気にかけなかった。

「やっぱり毒を盛った犯人はホテル関係者なんですか」

「まだ被害者を特定している段階です。誰も疑っていませんよ」

宮間はそう言ったが、保奈美はその顔から嘘《うそ》だろうと思った。穏やかで虫も殺さぬ顔をしているが、目だけが笑っていない。

「わたしから質問してもいいですか」

「答えられることでしたら」

「助かったのは三人だけと聞きました。あとの二人は誰と誰なんですか」

宮間は束の間の逡巡《しゅんじゅん》を見せた後、仕方ないというように口を開く。

「幹事の室橋さんと椎森明香《しいもりめいか》さんです」

椎森明香。今回のパーティーではまだ言葉を交わしていなかったが、昔はつるんでカラオケに行った仲だ。そうか、彼女も助かったのか。

「二人とも下戸で、乾杯の時にソフトドリンクを選んだのが幸いしたようです。アルコール類に比べると、異物が混入されても分かりやすいですから。ひと口含んで、すぐ変な味だと気づいたらしい」

「今、話せますか」

「あなたと同様、五分間だけ聴取を許されました。被害者同士で会って話せるのは、もう少し後になるんじゃないですかね」

宮間は窓を指差した。

「よかったらご覧なさい」

保奈美はベッドから下りて窓際へ向かう。外を眺めて声を上げそうになった。病院の周りに報道各社の中継車と報道陣がひしめき合っている。

「あれ、全部マスコミですか」

「十七人もの人間が毒殺されたんです。彼らが大挙して押し寄せるのも当然でしょう」

「大事件、なんですよね」

「病院に駆けつけたマスコミ関係者の数に負けないほどの警察官が投入されています」

わずかに口調が変わる。振り返ると、宮間は穏やかな顔をかなぐり捨てていた。

「これはね、此城さん。ありきたりの事件じゃないんですよ。近年発生した凶悪事件の中でも最悪と言っていい。犠牲者の数だけが問題じゃありませんが、それでも十七人というのはとんでもない数なんです」

「無差別殺人なんて、ここしばらく聞いたこともなかったです」

「誰が無差別殺人だなんて言いました」

宮間は眉一つ動かさない。こちらにとって意外なことを口にしているという自覚がないのだ。

「でも会場に集まった人間全員に毒を盛ったんですよ。どう考えても無差別殺人じゃないですか」

「刑事というのは一般市民よりも色んな可能性を考えるものでしてね」

制限時間を超えましたが、と前置きして宮間は質問を続ける。

「日坂議員についてお伺いします」

「彼も死んでしまったんですよね」

「発見時、その他の犠牲者と同じく心肺停止状態でした。政治家だから一般人より重要、ということではないのでしょうが、救急チームは最善を尽くしたと言っていました。搬送先の担当医も同様です。しかし懸命の努力空《むな》しく、議員の蘇生《そせい》はなりませんでした」

宮間の言葉にはどこか棘《とげ》がある。人命がいつでもどこでも平等だというのは、教科書に載るような建前でしかない。スキャンダルに塗《まみ》れていても、日坂が党内の各委員会で働いていることは人伝《ひとづて》に聞いている。生物学的な意味合いはともかく、国にとっての重要度は一般人の比ではあるまい。

「日坂議員は乾杯の発声を任せられていたそうですね。つまり衆人環視の中、壇上でグラスの中身を飲まなくてはいけない立場です。毒殺を企《たくら》む犯人には一番狙いやすい対象でしょうね」

「まさか日坂くんが標的だったというんですか。それならどうして全員の飲み物に毒を……」

話している途中で、嫌悪すべき可能性に思い当たって言葉が途切れる。

「……日坂くんがどのグラスを手に取るかは分からなかった」

「ええ、日坂議員にグラスを運んだ従業員にしても、彼に任意にグラスを選ばせるのは簡単ではないでしょう。それならいっそ、全ての飲み物に毒物を混入させるのが手っ取り早い」

一人を確実に殺害するために他の十九人を巻き添えにする。

方法論としてはとても正しい。確実性を追求するなら、それ以上の選択はないだろう。

だが冷酷に過ぎ、およそまともな人間の発想とは思えない。

再び膝から下が小刻みに震え出した。

「日坂議員は元クラスメイトの誰かから恨まれてはいませんでしたか」

宮間は保奈美を正面から見据えた。

「室橋さんか椎森さん、あるいはあなたが日坂議員を憎んでいたということはありませんか」

「ありません」

保奈美は言下に答える。まるで脊髄《せきずい》反射のような答え方だと思ったが、誤魔化すには遅すぎた。

「少なくともわたしは知りません」

「最後の質問になりますが、日坂議員の出席番号を憶《おぼ》えていますか」

保奈美の学校では、生年月日ではなく名前の五十音順で番号が振られていた。

「日坂くんは確か十二番だったと思います」

「日坂議員が〈一番〉という番号を振られるイベントや選別に心当たりはありませんか」

保奈美はしばらく考えてから答えた。

「国会議員になったから一番の出世頭なんですけど、それ以外では思いつきません」

国会議員という肩書しか評価できないような言い方になってしまったが、訂正するつもりはなかった。


宮間が退出して二時間もすると、今度は室橋が病室に入ってきた。まともに歩いているものの、顔色は優れない。

「よお」

「もう出歩いていいの」

「病棟内ならいいとお墨付きをもらった。言い換えたら、病棟から外に出るなってことだ」

室橋はベッドの傍らに腰を据える。

「お互い災難だったな」

「わたしたちは運がいい。残り十七人は死んじゃった」

「皆を集めた幹事としては居たたまれない気持ちだ」

「室っちのせいじゃないよ、そんなの」

「分かっちゃいるさ。でも、だからと言って割り切れるもんか。保奈美が俺の立場だったとしたらどうだ」

「……ごめん。わたしでも居たたまれなくなると思う」

「しかも生き残っているから犯人だと疑われている。ここにも刑事がやって来ただろ」

「宮間って人。最初は優しげに見えたけど、話してみると印象が変わった」

「容疑者と話しているんだ。態度だって硬化するさ」

　室橋の言葉には自嘲の響きが聞き取れる。

「二十人のうち、俺たち三人だけが生き残った。九死に一生を得たと言い訳しても、そりゃあ生存者の中に無差別殺人を計画した犯人がいると考えるのが当然だろうさ」

「室っちは誰を疑っているの。わたしか明香か」

「バーカ」

　室橋は一蹴してみせたが、わざとらしさは誤魔化しようもない。元クラスメイトといっても顔を合わせるのは数年に一度だ。その間に変貌したとしても何の不思議もない。

「クラスの中で日坂くんを恨んでいる人間はいないかって訊かれた」

「お前もか。で、何て答えた」

「分かりません、知りませんで通した。室っちは」

「俺も知らぬ存ぜぬで通した」

室橋は気まずそうに顔を顰《しか》める。気まずいのは保奈美も同じだ。いくら相手が警察官でも、気軽に話せることと話せないことがある。

保奈美は恐る恐る彼女の名前を口にする。

「今度の同窓会、美香《みか》は出席していなかったよね」

「音信不通だよ」

かつて神野《じんの》美香はクラスの女王様的存在だった。それが或《あ》る出来事を機に不登校となり、間もなく転校してしまったのだ。

「家族もろとも引っ越ししたみたいだな。クラスの誰も引っ越し先を聞いていなかった。招待状を出したくても出しようがない。仮に連絡先が判明して招待状を送ったとしても、美香がのこのこ出席すると思うか。これまでだって、ずっと欠席していただろ」

「……しないよね」

保奈美は納得するように頷いてみせる。

日坂浩一を殺したいほど憎んでいる人物がいるとすれば美香以外には有り得ない。だが、保奈美はその事実を警察に伝える気に到底なれない。

美香について訊かれたら、事情を知るクラスメイト全員が口を閉ざすに違いない。卒業以来二十五年、様々な道に分かれたクラスメイトたちだったが、この件に関しては全員が口を拭っていた。示し合わせた訳でも書面を取り交わした訳でもなく、全員が共犯者になったような罪悪感に囚《とら》われている。

「同窓会を欠席した人間のことは訊かれなかったの」

「事情聴取される前に出席者一覧を押収された。出席者は胸に名札を付けさせられただろ。あの名札を死体の特定に使うらしいんだけど、欠席者については一覧表にも載せていない」

「卒業名簿見られたら欠席者も分かっちゃうでしょ」

「忘れたのかよ。ウチの学校の卒業名簿には、転校した生徒の名前は登録されない。文字通りウチの学校から卒業した生徒だけだ」

「あ……」

「だから俺とお前、それから明香さえ黙っていりゃいい」

言外に、沈黙を守っていろと命じていた。

「因《ちな》みにさっき明香とも話したんだが、彼女も同意してくれた」

室橋は保奈美に迫る。二対一。ここで拒否すれば、自分は二人を敵に回すことになる。元より保奈美も美香については黙っているつもりだった。美香の話を始めれば日坂の旧悪に触れない訳にはいかなくなる。日坂という人間は決して人格者ではなかったが、保奈美も死者に鞭打《むちう》つような趣味は持ち合わせていない。何よりも、日坂の旧悪を暴くことは自分たちの罪を告白するのと同義だった。幸か不幸か、クラスの生き残りは自分を含めて三人しかいない。秘密を守るのに、口が少ないに越したことはない。

保奈美は同意を示す意味で一度だけ頷いてみせた。

2

警視庁の正面玄関前も報道陣で黒山の人だかりができていた。現職国会議員を巻き込んだ大量無差別毒殺事件。しかも件《くだん》の国会議員がスキャンダル・メーカーともなれば、マスコミの注目度も最高レベルだろう。彼らに取り囲まれるのも面倒なので、宮間は裏口から捜査一課の部屋に向かう。

刑事部屋では班長の桐島《きりしま》が待ち構えていた。

「生存者への事情聴取は済んだか」

桐島が現場に臨場することは滅多にない。宮間たち捜査員の上げる報告を吟味し、次の行動を指示するだけだ。同じ捜査一課の麻生《あそう》班長は時として現場に赴くこともあるが、職域を重視する宮間としては桐島のやり方が性に合っている。

「生存者は三人。幹事の室橋謙治と椎森明香、それから此城保奈美。いずれも毒物を少量しか摂取しなかったため大事には至りませんでした。被害者が十七人にも及ぶため検視は尚《なお》も継続していますが、現状、全員が青酸化合物による窒息死と考えられます」

各人の手にしていたグラスの残りからも青酸化合物が検出されている。現在は鑑識で分析の真っ最中だが、結果はすぐに出るだろう。

「ホテル従業員については」

「会場に配置されたのは男性従業員一名と女性従業員が三名の合計四人。四人とも身柄を確保しており、目下事情聴取中です」

「会場内に防犯カメラはあるのか」

「一台だけ設置されていました。こちらもハードディスクを押収して解析中です」

ホテルの会場に防犯カメラを設置する目的は主にトラブル防止や犯罪の証拠撮影だ。その他、カメラを通じて料理の提供タイミングを計ったり客の異状を察知したりと接客面においても有益とされている。ホテル側の説明によれば従業員の接客スキル向上と防犯の両面にメリットがあるとのことだ。

ただし、このメリットも撮影される側にはデメリットになる場合がある。言わずと知れた出席者の顔触れを知られたくない性格のパーティーだ。この場合は主催者側がフロア責任者と協議の上で、録画内容を直ちに消去するらしい。

「会場全体を捕捉できる場所に設置していますから、不審な行動を取った人物も簡単に見つけられるでしょう」

「中身を確認しないうちに希望的観測を口にするな」

桐島は陰険な目でこちらを睨《にら》む。別に因縁をつけているのではなく、桐島は普段から強圧的な物腰で部下と接している。宮間はもうすっかり慣れてしまったが、初めて桐島班に配属される刑事は桐島の眼光だけで萎縮してしまうようだ。

「早期解決を図るのは当然として、万に一つの誤認も許されない。本事案は特にだ」

表情は変わらないが、言葉の端々にいつもと違う緊張が聞き取れる。やはり現職国会議員の毒殺事件は、被害者の人数を度外視しても重大なのだろう。

「班長。一つお訊きしてよろしいでしょうか」

「何だ」

「初動の段階で動いているのは我々だけですか」

「第一回目の捜査会議で発表されるが、四百人態勢の帳場が立つ。ただし専従は俺の班になる」

帳場が立つ前から四百人もの捜査員を投入するなど、そうそうあることではない。事件の重大さを象徴する数字だが、一方で焦燥めいたものも感じる。

「上から何かありましたか」

「被害者の一人は現職の国会議員だ。永田町《ながたちょう》から公安委員会を通じて総監に要請があったらしい。犯行態様の規模と反社会性に鑑み早期解決に努めろとのことだ」

「さすがの村瀬《むらせ》管理官も皺《しわ》が増えるかもしれませんね」

「余計な話はするな。生存者の証言から日坂議員殺害の動機は浮かんだのか」

「三人とも知らぬ存ぜぬの一点張りです。ただ明らかに何かを隠している様子でしたね」

「予めグラスの中身が毒物だと知っていれば少量の嚥下で誤魔化せる。その三人は重要参考人だ」

「しかし証言を聞く限り、三人が全員分のグラスに近づく機会はなさそうでした」

「機会があるのは配膳担当の従業員たちだが、彼らには動機が現状は見当たらん。事情聴取で日坂議員との繋《つな》がりが出れば別だが」

「しかし班長。日坂議員が個人的な恨みで殺害されたとしたら、政府与党が捜査に口出す必要もないでしょう」

「個人的な恨みで済ませたいから口を出すんだ」

桐島の陰険さは別方向に向けられる。

「何しろ叩《たた》けば叩くほどホコリの出る議員だった。奴《やっこ》さんを放置しておけば、いずれ議員としても不祥事を暴かれないとも限らない。今の党三役の人事に関して裏でカネが流れたという噂《うわさ》を聞いたことがあるか」

「一部の週刊誌がすっぱ抜いた記事でしたね。しかし後追い記事も出ず、フェイクニュースで終わった感があります」

「カネを運んだのは日坂議員だという告発があったそうだ」

初耳だったので、これには少し驚いた。

「つまり日坂議員が口を割れば本人の離党や議員辞職どころか、倒閣につながりかねないということですか」

「来年の総選挙を控えて、党のマイナスになる要素は今のうちに排除したいと考える輩《やから》がいても不思議じゃない」

党利のために危なっかしい同僚議員を排除する。

およそ殺人の動機としては甚だ非現実的だが、これも実行犯が雇われていると仮定すれば俄《にわか》に現実味を帯びてくる。魑魅魍魎《ちみもうりょう》が跋扈《ばっこ》している政治の世界では、世間の常識などクソ食らえだ。今までにも議員の不祥事を揉《も》み消すために秘書が自死した事例がいくらでもある。

「政府関係者にすれば、毒殺の標的が日坂議員以外だったのなら都合がいいんでしょうね。いや、いっそ本当に動機のない無差別殺人なら尚更」

「余計な話はするなと言ったぞ」

低いが、相対する者を黙らせるには充分な声質だった。

「政治家の思惑がどうあれ、俺たちの仕事は犯人を挙げることだ。その後の始末は検察なり裁判所なりが勝手にすればいい」

後はどうなろうと手前の職域では最善を尽くす。

何を考えているか分からない。にこりともしない。いつも高圧的だ。悪評塗れの桐島に長く付き合えるのも、彼の信条が自分好みだからに違いない。

「〈1〉について元クラスメイトから証言はなかったのか」

「なかったですね。それに関しては本当に三人とも知らない様子でした」

桐島は机の上に散らばっていた紙片の一枚を摘《つ》まみ上げた。鑑識が会場で撮った現場写真の一枚だ。

「死んだ日坂議員の手に握られていた紙切れ。紙切れだけなら何ということもないが」

死者が握っていた十センチ四方の紙切れには、〈1〉というアラビア数字が記されている。保奈美たちに日坂議員にまつわる〈1〉の逸話を質《ただ》したのは、この紙片が理由だった。

「パーティーの出席者名簿では、日坂議員は上から四番目の記載でした。三年間クラス替えがなかったというので期待したんですが、出席番号は十二番。どちらも外れでした」

「他の死体はこんな紙切れなんか握っていない。明らかに日坂議員のみに意味のある符号だ」

日坂議員が〈1〉である理由。判明すれば動機解明に繋がる可能性が高い。桐島が数字の意味に執着するのも当然だった。

「鑑識の報告では数字は印刷、使用された紙は市販のPC用紙らしい。インクや紙質からエンドユーザーを特定するのはまず不可能と考えた方がいい」

「指紋はどうでした」

「日坂議員以外の指紋は何も検出できなかった。最も怪しい遺留品でありながら、何の手掛かりにもならない」

口調は不満たらたらだが、相変わらず表情に変化はない。

「会場にいた何者かが日坂議員の手に紙片を握らせた。防犯カメラが作動していれば、必ずその瞬間が捉えられているはずです」

紙片を握らせた何者かこそが毒殺犯人に相違ない。画像解析すれば顔の認識も容易にできる。

だがこちらの期待をよそに、桐島は宮間を冷淡な目で見る。

「中身を確認しないうちに希望的観測を口にするなと言ったぞ。同じことを二度も言わせるな」

その時、桐島の胸ポケットで着信音が鳴った。スマートフォンを取り出し耳に当てた桐島はわずかに口元を緩めた。

「防犯カメラの映像、解析が終わったそうだ」

そう言うなり桐島は席を立つ。鑑識まで足を運ぶつもりなのだろう。

ついてこいとも来るなとも言わない。ならば当然同行するべきだと判断し、宮間はその後を追う。


鑑識課に赴くと、既にモニターでの確認ができる状態になっていた。

「会場にいる人間の人相を確認できるレベルまで鮮明化しています」

桐島は解析担当者の隣に陣取ってモニターを見つめる。防犯カメラの記録映像はピンボケや画素の粗いものが少なくない。鑑識による解析作業の一つが画像の鮮明化だ。ただし輪郭強調のようにシャープネスを上げればいいというのは素人考《しろうと》えで、これでは対象の細部が明確にならない。解析作業はブロックノイズなどのノイズ類をぼかしながら少しずつ除去し、対象の特徴を抽出する手法を採っている。

担当者がビデオを早送り再生する。会場に人が集まり出し、めいめいに旧交を温めている。タイムコードは目が回るような速さで進む。やがて室橋が登壇すると、再生速度は通常モードになった。

『えーっ、本日はかくもお集まりいただき誠にありがとうございます。幹事の室橋です。早いもので我々が秋川第一中学校を卒業してから四半世紀にもなろうとしています。長い年月です。当時の仲間たちもある者は亡くなり、ある者は連絡が取れなくなりました』

室橋が挨拶する段階では、まだ誰もグラスを手にしていない。問題となる箇所はもっと後だ。

『ご紹介します。日坂浩一くんです。皆さん、拍手をお願いします』

室橋に代わって、いよいよ日坂が登壇する。目を皿のようにして画面を注視していると、女性従業員の一人が掲げていた皿を差し出す。当初から日坂のために用意したらしく、皿に載っているグラスは一脚きりだ。

女性従業員はカメラの手前から進んでいるため人相は分からない。日坂との比較で背が低いことだけは明白だった。

『皆さん、お久しぶり。日坂浩一です』

画面奥に進んだ件の女性従業員はなかなか正面を向こうとしない。まるで防犯カメラの位置を認識した上で警戒しているようにも見える。

『さて、皆さんのお手元にグラスは行き渡りましたでしょうか。卒業から二十五年。変わるものもあり変わらぬものもあり。しかしわたしたちの友情と希望は変わらぬものと言えます。来年、いや、次の四半世紀後もこうして杯を交わすことを祈念して。乾杯！』

「止めろ」

桐島の指示で画面が静止する。

「スローで再生」

素材の画素が粗いせいで、スロー再生するとどうしても画像はぎくしゃくとした振る舞いを見せる。それでも出席者と従業員たちがどんな動きをしているかは一目瞭然だった。

日坂の発声で出席者の全員がほぼ同時にグラスを傾ける。数秒後、中身を口にした者たちの表情が一変する。ある者は不思議そうな顔をし、またある者は突然の痛みに目を見開く。

液体を吐き出す者。

喉元に手をやる者。

その場にしゃがみ込む者。

やがて多くの者が床に倒れていく。

全身を弓なりにして苦しむ者。

エビのように身体《からだ》を曲げてのたうちまわる者。

悲惨な光景だった。宮間も冷静を装って眺めているが、仕事でなければ正視に堪えるような代物ではない。

音声がない分、出席者と従業員の動きで阿鼻叫喚《あびきょうかん》が想像できてしまう。青酸化合物は即効性があるから、この数十秒間に十七名もの人間が絶命していることを考えれば、血の流れない地獄絵図と言っても過言ではない。

宮間は日坂の姿を追う。壇上の日坂も皆と同様に倒れ、胸を押さえて苦悶《くもん》の表情を浮かべている。グラスはとうに手を離れ、頭の近くに転がっている。もがき悶《もだ》えること数十秒、不意に日坂は動くのをやめた。両手は軽く握ったまま開かない。

出席者全員が悶絶し、従業員たちは右往左往している。倒れている者に屈《かが》み込み、容態を確かめたり話し掛けたりしている。

「止めろ」

再び画像が静止すると、桐島は視線をモニターに固定したまま命じる。

「日坂議員が登壇する直前まで戻せ」

逆送り再生で指定した場面に戻させると、桐島は振り返りもせずに訊いてきた。

「宮間。会場に配置された従業員は男性一名、女性三名だったな」

「ええ」

「数えてみろ」

制服姿の女性を数えた宮間は、あっと声を上げそうになる。

画面の中で女性従業員は四人いたのだ。

「事情聴取を受けている女性従業員は確かに三人だ。じゃあ余分な一人はいったいどこに消えた」

桐島の指示で画面は再び早送りされる。

「スロー」

それは日坂がスピーチを始めた直後だった。件の女性従業員は防犯カメラから顔を逸《そ》らしたまま、後ろのドアから出ていく。

「従業員たちは事情聴取中だったな。今すぐ聴取を中断して、この映像を見せろ」

会場に配置された従業員は以下の通りだ。

草間博行《くさまひろゆき》
桑名紹子《くわなあきこ》
黒住光希子《くろずみみきこ》
笹本《ささもと》なおみ

四人とも事情聴取を途中で切り上げ、防犯カメラの映像を半ば強制的に見せられた。本来はいないはずの、もう一人の従業員。パーティーの進行に注意していた草間は、彼女の存在に気づかなかったと言う。桑名紹子たち三人の女性従業員は、他のフロアからのヘルプだと思い込んだと言う。

「フロア係の女性従業員だけで八百四十人もいるんです。入れ替わりが結構あるから、初めて見る顔でも新入社員かなと思って」

見かけない顔だと三人は証言した。そのくせ、顔の特徴を尋ねると三人とも返事に窮する。これといった特徴がなく、あまり記憶に残っていないと言うのだ。

だが笹本なおみが極めて重要なひと言を付け加えた。

「お客様の飲み物も、その人がワゴンで運んできたんです。ワインもビールも全て開栓されていました。お客様が二十人と少人数だったので、ストックの用意も最小限で済んだんです」

つまり会場内に運び込まれる以前、全ての瓶は開栓されて毒物を容易に混入できる状態にあったということになる。

証言を得た捜査陣は俄に浮足立ったが、それも束の間に過ぎた。笹本なおみたちに〈富士見インペリアルホテル〉の従業員名簿を仔細《しさい》に閲覧させたものの、件の女性従業員らしき人物は遂に見つけられなかったからだ。

3

翌日午前九時に第一回目の捜査会議が開かれた。雛壇《ひなだん》に並ぶのは宮間が見慣れた面々だ。村瀬管理官と津村《つむら》一課長、所轄である丸の内《まるのうち》署署長、そして根岸《ねぎし》刑事部長。

ただし見慣れないものもある。一番広い会議室を埋め尽くす捜査員の数だ。目視でざっと二百名、従前に予告されていたものの、いざ数が揃《そろ》うとさすがに壮観だった。

「捜査会議でこれだけの人数を前にするのは久しぶりだ」

村瀬の第一声はいつものように乾いている。捜査本部の規模が小さかろうと大きかろうと、村瀬の態度には微塵《みじん》の変化もない。

「昨日六月三日、富士見インペリアルホテル〈翡翠の間〉にて毒物による大量殺人が行われた。パーティーの参加者二十名のうち十七名が死亡、その中に日坂浩一議員が含まれている」

明言しないものの、初動捜査の段階で大所帯にした理由は、犠牲者の数も然《さ》ることながら現職の国会議員が殺害された事実によるものだ。居並ぶ捜査員たちも事情は了解済みで、異議申し立てを顔に出している者はいない。

いや、一人だけいた。

雛壇の根岸の正面、最前列左端に座っている麻生班長だけは不服を隠そうともしていない。命令嫌いではないが、選ぶ権利くらいは与えろと言わんばかりだ。

捜査一課にはおよそ四百人の捜査員が在籍しており、いくつかの班が形成されている。中でも桐島班と麻生班は常時検挙率を争っているためか、班長同士が反目しているような印象がある。

「まずパーティーの内容と参加者について」

我が桐島班の良心とも言える存在、葛城《かつらぎ》が最初に立つ。

「パーティーは秋川第一中学卒業生の同窓会でした。幹事を務めた室橋謙治氏の証言によれば、招待状を出したのは二十八名、うち二十名が出席。出席者は以下の通りです」

葛城が出席者二十名の氏名を読み上げるのに合わせて、前面の大型モニターに顔写真とプロフィールが映し出される。一つの事件で被害者十七人というのは稀《まれ》に見る数字であり、その数字ゆえに殺害された者の人格が埋没してしまうきらいがある。氏名と顔写真を大映しにしたのは、事件の重大性と非道さを改めて捜査員に認識させるためだった。

「尚、死亡した十七名は都内四ケ所の医大法医学教室に回され、司法解剖に付されました。一命を取り留めた三名は搬送先の病院で意識を回復し、現在は事情聴取に応じています」

「司法解剖の結果は出ているか」

これは宮間の担当だった。いささか冗長な報告になるが、十七人分の報告なのでこれは致し方ない。

「都内四ケ所の法医学教室において司法解剖が行われましたが、その結果はいずれも青酸化合物による窒息死です。化合物はシアン化カリウム、成分の詳細については目下分析中ですが、全員に配られたグラスに残存していた毒物は科捜研に回っています」

十七人分の報告を延々と続ける。終わったのは二十分も過ぎた頃だ。

「毒物の分析結果は出たのか」

次に立ったのは麻生班の高千穂《たかちほ》だった。

「二十人に配られたワイン・ビール・水割り・ソフトドリンクからは全て同一の毒物が検出されました。その成分はシアン化カリウム98・7パーセント、マーキュロクロム1・1パーセント、クロム酸ナトリウム0・2パーセント。成分のほとんどを占めるシアン化カリウムの経口致死量は成人の場合200〜300ミリグラムですが、グラスには約500ミリグラムが混入されていました」

つまりグラスの半分も飲めば大抵の人間は死に到《いた》るという訳だ。

「わずかだがマーキュロクロムとクロム酸ナトリウムも含有されているな。その二つは不純物なのか」

「科捜研の所見によれば同成分の薬剤に該当するものが見当たらず、おそらくは不純物であろうとのことです。参考意見なのですが、これら三つの成分を扱うのはやはり工業関係のようです」

村瀬は頷きもしなかった。

「産廃のリサイクル過程でシアン化カリウムが使用されるのはよく知られている。いずれにしても毒物及び劇物取締法で厳重に管理されている毒物だから、不正使用すれば痕跡が残りやすい」

一人当たり500ミリグラム×20人＝10000ミリグラム＝10グラム。一円玉にすればたかが十個分の毒物が十七名の男女を一瞬のうちに悶死《もんし》させる。その威力を考えれば、村瀬の言う通り少量の流出でも判明する管理体制があって然《しか》るべきだろう。だが、昨今はダークウェブを介した毒物や劇物の売買も横行している。もちろん村瀬もネット事情に鑑みた上で発言しているに決まっている。

「防犯カメラの解析」

これには科捜研の宗石《むねいし》が場慣れしない様子で立ち上がる。

「〈翡翠の間〉に設置された防犯カメラは一台。パーティー開始前から日坂議員の乾杯の発声に至るまで、五人目の従業員を映したカットはトータルで七十五秒。ところが、この従業員を装った女性は常に防犯カメラを避けるように行動しているため、顔を映したカットは一つもありません」

「事前にカメラの位置を確認していたというのか」

「下見をしたか、さもなければ以前に〈翡翠の間〉を使ったことがあるのか。いずれにしても初めて宴会場に足を踏み入れた者の仕業とは考え難《にく》いです」

「映像の解析は進んでいるのか」

「解析を進めて判明したのは、この不詳女性の体格と歩き癖だけです。中肉中背でややO脚、手袋で隠れていますが体格に比して指が長い印象を持ちます」

供された飲み物は会場に運び込まれる前に開栓されていた。ワゴンで運んできたこの不詳女性が犯人である確率は極めて高い。居並ぶ捜査員たちは、背中しか見せない容疑者に不穏な視線を投げ掛ける。

だが宗石の次の台詞《せりふ》が会議室をざわつかせた。

「しかし幸運にも別のカメラが不詳女性を別の角度から捉えていました」

「何だと」

「日坂議員は自身のブログに同窓会出席の記事をアップするため、事務所のスタッフにデジカメを持たせ、撮影していたのです」

次の瞬間、前面のモニターに日坂の顔が大映しされる。画素数の多い画像で、防犯カメラのそれよりもはるかに鮮明だった。

「カメラは日坂議員を正面に捉えているため、なかなか不詳女性を写しません。しかし乾杯のためのグラスを手渡す際、ほんの一瞬だけ彼女の横顔が写り込みます。このショットです」

グラスを受け取る日坂を斜め前から捉えた画だが、不詳女性の横顔が斜め後ろから写っている。相変わらず目鼻立ちまでは見えないにしても、いくぶん丸顔であるのが分かる。

「おそらく会場に入るまで専属カメラマンの存在を知らず、完璧な対応ができなかったものと思われます」

「これでは人相までは分からないな。もっと正面を向けたショットはないか」

「残念ながらこの一枚きりです。しかしこの斜め後ろからの画像だけでも、３Ｄ化での人物特定は可能です」

顔面には解剖学的な指標である特徴点が存在する。この特徴点を始点として三角測量の要領で他の特徴点を弾《はじ》き出せば、立体および正面からの顔が解析できる。元々は偵察衛星が敵軍事施設を撮影した画像を鮮明化する技術の応用だ。いつの世も技術革新は戦場から始まる。

「ただし3D化にはまだ時間をいただく必要があります」

「分かった。急いでくれ。次に鑑取《かんど》り」

のそりと宮藤賢次《くどうけんじ》が立ち上がる。麻生班の犬養隼人《いぬかいはやと》と並ぶ、我が桐島班のホープ。無愛想で言葉少なげだが、検挙率の高さで存在感を誇っている。同じ班の宮間ですら近寄りがたい雰囲気がある。

「被害者数が十七名にも及ぶため、一人一人の背後関係にはまだ手が回っていません。本日より手分けして関係者に当たる予定です」

「報告はそれだけか」

村瀬の声は抑揚がない分、威迫の効果がある。だが向かい合う宮藤は眉一つ動かさない。

「まず八人を優先して調べようと思います」

「その八人とは何のことだ」

「同窓会に出席しなかった八人です」

宮藤の指示でモニター画面が変わる。そこには八人の名前が並んでいた。幹事の室橋からようやく訊き出した八人だ。

里村浩二《さとむらこうじ》
濱田晶《はまだあきら》
東海林弓香《しょうじゆみか》
神野美香《じんのみか》
市川麻衣《いちかわまい》（亡）
添田睦彦《そえだむつひこ》（亡）
有馬大輝《ありまだいき》（亡）
筒井真紀《つついまき》（亡）

「同窓会は毎年開催されるものではなく、幹事の交代等の事情もあり今回は五年ぶりだったそうです。五年のうちに音信不通になる者もいれば事故や病気で亡くなる者もいる。里村・濱田・東海林・神野の四人は招待状が転居先不明で戻ってきたものや返信されなかったもの、残り四人は招待状を受け取った遺族が幹事の室橋に連絡をして死亡が判明したものです。尚、死亡記事が出たりした場合も、自動的に名簿から削除されるとのことでした」

「では実質、四人ということか」

「音信不通の四人のうち、誰かがクラスメイト全員の殺害を計画したという筋も考えられます」

「中学の時分の恨みを四半世紀も経《た》ってから晴らしたという推理か」

「特定の誰かを狙って無差別殺人を起こしたという推理よりも、当初から全員を毒殺するつもりだった。その方が動機として頷けます」

宮藤の推理は大胆だったが笑う者はいなかった。青酸化合物による大量殺人という犯行態様は尋常ならざる動機に説得力を持たせる。

「分かった。音信不通の四人に関して追跡調査を続行。次に、日坂議員の手に握られていた紙片について報告」

桐島班の多田《ただ》が立つ。宮藤の陰に隠れて目立たないが、ミスのない仕事をするので重宝がられている。

「紙片は市販のPC用紙でコート90kgと分類されるものです。印刷用紙としては最も廉価で且つ大量に流通しています。文字に使用されたのは顔料インクで、これもマスプロ品です。エンドユーザーの絞り込みは容易ではありません。ただ、日坂議員に紙片を握らせた手順については防犯カメラの映像から一つの推論を導き出すのが可能です」

「言ってみろ」

「富士見インペリアルホテルは格式高いホテルであり、立食パーティーの際にはグラスに紙ナプキンを対で用意します。こうすればグラスが滑ることもなく、冷たい飲み物を手で温める心配もありません。犯人を不詳女性と仮定すると、予め紙ナプキンの外側に数字を印刷した紙片を仕込んでいたのではないでしょうか」

紙片ごと紙ナプキンでグラスを巻く。同じ紙だから手の平の感触だけでは二重になっているのは判別しづらい。服毒して倒れると、紙ナプキンはグラスの濡《ぬ》れた部分に貼りつき、手の平には紙片だけが残されるという寸法だ。

「グラスの中身を呷った出席者は全員その場に倒れ、四人の従業員が慌て出しますが、各フロアから人が集まる間、日坂議員の手に触れた者は、防犯カメラの映像を見る限り一人もいません。紙片はグラスを持った時点で既に手の中にあったと考えるのが妥当と思います」

「一つの推論であるのは認める。だが決めつけは禁物だ」

村瀬は釘《くぎ》を刺すが、論理に齟齬《そご》があれば即座に否定する男なので多田の推理を評価しているのが分かる。

「捜査員から推論が出たついでにこれも意見を募る。紙片に印字されていたのは数字の〈1〉だった。この番号が何を意味しているのか、誰か仮説を持つ者はいないか」

会議室は水を打ったように静まる。手を挙げる者は誰もいない。しかし村瀬は期待もしていなかったように言葉を続ける。

「シアン化カリウムの用意、従業員への変装、数字の書かれた紙片、犯行現場の下見。以上の事柄から事件は計画的であったと断定せざるを得ない。招待状を手にした者なら同窓会の日時を特定するのは容易なので、容疑者に加えることに何ら疑念はない。ただし日坂議員はご丁寧にも自身のブログに『六月三日、富士見インペリアルホテルのパーティーに出席』と報告している。従って招待状を持っていない人間でも犯行を計画するのは可能だ。出席者の中で特定された個人または全員に対する怨恨《えんこん》という線はもちろん、日坂議員に向けた何らかの政治的意図を否定する材料もない。人より多く持つ者は人より多く狙われる。日坂議員の鑑取りは徹底して行え。ホテル従業員への聞き取りも継続、鑑識は毒物の成分から入手先の絞り込みを行う」

捜査方針を示した後、村瀬は居並ぶ捜査員たちを前に声を一段大きくする。

「言うまでもないが、現職の国会議員を含め十七人もの人間を毒殺した大量殺人事件だ。世間は言うに及ばず早期解決を望む声はかつてないほど大きい。解決が一日遅くなる度に警視庁の威信が一つずつ失われると思え。以上」

捜査員たちがひと声上げて解散する中、麻生だけが頬杖《ほおづえ》を突いたまま八人の名前が並んだモニター画面に見入っている。宮間の直属の上司ではないが、桐島よりもはるかに取っつきやすい。興味が湧いたので近づいてみた。

「麻生班長。何か気になることでもありますか」

麻生はこちらを一瞥《いちべつ》すると、面倒臭そうにまた視線をモニター画面へと戻す。

「大したことじゃない」

「麻生班長は、大したことでもないのに人の名前を眺めるのですか」

束の間の沈黙の後、麻生は口を開く。

「釈然としない」

「そりゃあこんな大事件にも拘わらず動機が分からなけりゃ誰だって釈然としませんよ」

「俺が釈然としないのは、そういうことじゃない。個人的な怨恨にしろ政治的意図にしろ、同窓会に集まった全員を毒殺するなんざ間尺《ましゃく》に合わないと言ってるんだ。仮にクラス全員からイジメに遭ったとしても殺人というのは極端だ。日坂議員に対する政治的意図があったとしても無関係な者を巻き添えにするというのも極端だ」

「目的と手段が不釣り合いということですか」

「目的のためには手段を選ばないという言葉があるだろ。今回の事件は、それが逆になっているんじゃないのか」

「逆、というのは」

「手段のためには目的を選ばない。つまり最初に大量殺人という手段ありきで、目的は復讐《ふくしゅう》でも政治的意図でも何でも構わない」

突拍子もないことを話し出したと思った。

「すみません。ちょっと理解しづらいです」

「理解しろとは言わん。俺だって馬鹿げた話だと思っている。しかしな、前例があるんだ」

「そんな妙な事件、知りませんよ」

「事件としては表面化していないからな。一応は詐欺や怨恨、感情の縺《もつ》れといった動機はあるんだが、犯行を計画した主犯はそれが目的だったとは思えない。どちらかというと人が財産を失い、家族を失い、生き甲斐《がい》をなくし、そして絶望の中で悶え死んでいくのを眺めていたいがために、犯罪を誘発させているような悪党がいたのさ。いや、あれは女だから悪女だな」

「犯罪を誘発させるというのは教唆のことですか」

「ああ。カネが欲しい、愛情が欲しい、名誉が欲しい、自由が欲しい。普通の人間が当たり前に欲して、しかし手に入らないものは沢山ある。欲が限界に近づくと倫理が曖昧になりやすい。そういう人間の弱みにつけ込んで悪意を増幅させ、自分の手を汚さずに他人を殺していく」

「一種の快楽殺人者みたいなものですか」

「快楽でも娯楽でもない。それほどの情熱があるようには思えん。こう言っちゃ何だが暇つぶしみたいなものじゃないのか」

「……暇つぶしで人殺しなんてしますか。やっぱり理解できないですよ」

「俺だって理解できない」

麻生はひどく倦《う》んだような目をした。

「この世にはな、どんな医学知識や捜査経験を総動員しても理解できない悪っていうのが存在するんだ」

*

「やっぱり警察にちゃんと話した方がいいと思う」

病棟端にある談話室で、保奈美は室橋と明香に切り出した。提案に驚くと思っていたが、案に相違して二人は悩ましげな顔をして考え込んだ。

「ま、保奈美ならそう言い出すんじゃないかと思っていた」

「あたしも予想してた」

「どういうことよ、それ」

「仲間で一致団結しようって時も、分が悪くなると正論ぶっていの一番に離脱しようとする。昔からそういうところ、あったよね」

「中学の時と一緒にしないでよ。これ、十七人も死んでいるのよ。わたしたちも死にかけたのよ」

「でも助かったじゃん。だったら何も昔のことを暴露しなくたって」

「もし十七人殺された理由が美香絡みだったとしたらどうするのよ」

するとと明香は途端に顔を強張《こわば》らせた。

「美香の件でクラス全員が狙われたとしたら、またわたしたちも殺されるかもしれない」

「おいおい、そりゃあくまでも保奈美の勘って話だろ」

「そうよ、勘よ。ただの勘だから外れるかもしれない。外れたら何も起きなくてわたしたちは安全。でも的中していたら、また狙われる。どっちがいいと思う」

「……だからさあ、そうやって正論振り翳《かざ》すところ、ちっとも変わってないよね」

「保奈美は美香を疑っているのか」

「付き合っていた彼氏からあんな仕打ちされて、おまけにクラスの仲間からも手の平返しされて……あのポラ、グループで回覧したでしょ。ボスみたいに振る舞っていた美香も相当だったけど、みんなの反動も相当だった」

「あのさ。あんた正義の味方みたいな口ぶりだけど、保奈美だって同罪なんだからね」

言われなくても承知している。昨夜は己の過去と対峙《たいじ》して一睡もできなかったのだから。誰でも過去は嫌いだ。やり直しは利かないしなかったことにもできない。思い出す度に自己嫌悪に陥り、心が折れる。

それでも殺されるよりはずっとましだ。

「後から刑事さんがやってくる。事情聴取の続きだって。わたし話すからね、絶対話すからね」

「俺たちも話せってか」

「室っちと明香は横で頷いてくれるだけでいい。わたしの話が嘘じゃないと証言してくれればいい」

宮間という刑事は約束の時間通りに現れた。他の患者の目もあるので、個室で話をすることにした。

「室橋さんと椎森さんも同席ですか。それはちょっと」

「別に口裏を合わせようなんて考えていません。元々クラス全員が知っている話なんです」

こちらの口調からただならぬ様子を察したのか、宮間は不承不承同席を許可してくれた。

「中一の時、神野美香という子がいたんです。何ていうか女子たちのボスみたいな存在で、当時日坂くんと付き合っていました」

「ほお、日坂議員の甘酸っぱい初恋話ですか」

一瞬、保奈美は噴き出しそうになる。

「そんないい話じゃありません。死んだ人のことをあんまり悪く言いたくないけど、日坂くん結構不良だったんです。美香の方が一方的みたいな仲だったし」

「今回の同窓会には出席していない女性ですね」

「招待状を出しても転居先不明で戻ってきたと言ったじゃないですか」

室橋が話に割り込んできた。

「今までも欠席ばかりでしたしね」

「そうですか。因みに室橋さんはずっと幹事をされているんですか」

「いいえ。特定の人間に役を押しつける訳にはいかないので、その都度交代しています。わたしも今回が初の幹事です」

幹事として最低限の説明責任は果たすという意思表示らしい。協力してくれそうなので保奈美は続ける。

「美香は二年に進級する前に転校したんです。転校は日坂くんのイジメが原因でした。付き纏《まと》われるのが嫌だったのか、美香にひどいことをしたんです」

「ひどいこと。具体的に教えてください」

「数人で殴る蹴るしてから丸裸にして……オシッコ塗れの姿を撮影したんです。翌日、その写真がクラスの仲間うちに回覧されました」

「確かにひどい話ですね」

「元々、美香に反感を抱いていた人が多かったから意趣返しみたいなところがあったと思います」

「クラスの中で誰か助ける人はいなかったんですか」

「日坂くんに盾突《たてつ》こうなんて人はいませんでした。みんな、ざまあみろって感じで、美香を嘲笑ったんです。翌日から美香は不登校になって、二年に進級する前に転校しちゃいました」

我ながらおぞましいと思った。保奈美自身、美香からひどく詰《なじ》られたことがある。日坂の行為は卑劣で残酷だが、美香を嘲る同調圧力に押されて理性が麻痺《まひ》していたのだと考えたい。

「なるほど、そういう話であれば神野美香さんが日坂議員やクラスメイトに強烈な恨みを抱いているとしても不思議ではありませんね」

「日坂くん、長いこと同窓会に顔を出してなかったんですけど、今回思いついたみたいに出席して。パーティーの日時は招待状に明記してあります。きっと今回の事件は美香が日坂くんとクラス全員に復讐しようと計画したに違いありません」

保奈美は横に控える室橋と明香を見る。二人は同意の証《しるし》に頷いてみせた。

「動機としては納得できます。しかし美香さんに今回の犯行は不可能ですよ」

「何故ですか。美香にアリバイでもあるんですか」

「神野美香さんは既に亡くなっているからです」

「……え」

「招待状の返信がなかった人たち。つまり里村浩二さん、濱田晶さん、東海林弓香さん、そして神野美香さん。我々はこの四人の行方を調べました。あなたたちと同様、同窓会不参加だった人間はまず疑いましたからね。神野さん一家は平成三年の暮れに父方の実家がある盛岡に引っ越し、美香さんは二十歳で家を出ました。その後職場の異動とともに何度か転居を繰り返していたのですが、四年前に交通事故で亡くなりました」

宮間の声が聞こえるものの、保奈美は思考が追いつかない。最も怪しいと睨んでいた美香がとっくに死んでいたなんて。

室橋と明香の反応も同様だった。二人は意外そうに顔を見合わせて声も出せないでいる。

「他の三人についても消息は摑《つか》めていますよ。濱田晶さんは電子部品のメーカーに勤めていますが、三年前にブラジルの現地法人に出向しています。家族帯同でしたから返信がなかったのも当然でしょう。東海林弓香さんも同じです。ご主人の海外赴任に帯同し、現在はシドニーに在住しています」

「じゃあ里村くんは」

「里村浩二さんの追跡調査は少々時間がかかりました。就職していた証券会社から独立して投資顧問の会社を立ち上げたのですが三年経たないうちに廃業、負債が払えずに行方を晦《くら》ませていたんです。自発的に消息を絶ってしまった人間の追跡はなかなか困難なのですが、里村さんの場合は割に簡単でした」

「何故ですか」

「警察のデータベースにヒットしました。彼は転居先の宮崎市内で強盗を働き、再犯で二年前から宮崎刑務所で服役しています。強盗事件も全国紙には報道されなかったので幹事さんのチェックから洩《も》れたのでしょう」

刑務所の中にいたのではクラス全員の殺人どころか同窓会出席すら不可能だ。

不意に保奈美は都合の悪い事実が発生していることを知る。

「つまりですね、クラスで生き残っているのはあなた方三人だけなのですよ」

クラスメイトの誰に恨みを持っているにせよ、怨恨じみた動機があるのであれば犯人はこの三人の中にいることになる。

「困ったことになりました」

宮間の口調はのんびりとしているが、こちらに向ける目は剣呑《けんのん》だった。

ふと見れば、両隣に座っていた室橋と明香が保奈美から距離を取り始めていた。

冗談じゃない。

離れたいのはこちらの方だ。

心理的にも物理的にも三人の距離が拡《ひろ》がっていくのを、宮間がじっと見つめていた。

4

中学時代の日坂の悪行は興味深かったが、イジメの被害者が既に死んでいたのではあまり意味がない。四半世紀以上も神野美香を慕い続けていた人間、彼女の恨みを晴らすためにはクラスメイト全員の死をも躊躇《ためら》わなかった人間の存在を問うたが、保奈美たちは憶えがないと証言した。

「生き残った三人のクラスメイトには毒物を混入する機会がない。依然として疑いは残るが、容疑者とするには根拠が希薄だ」

　報告を受けた桐島は宮間に責めるような視線を投げつける。事件発生から二日、未《いま》だ有力な手掛かりが得られず初動捜査の成果は芳しくない。専従を任された桐島としてはさぞかし焦《じ》れる展開だろうと想像する。

「死亡した十七人についてはどうなんですか」

「中小企業の経営者、不倫進行中だった妻、夫婦仲の悪かった夫、使い込みが疑われていた経理担当者、暴力団と親交があった者。叩いて埃《ほこり》が出たのが五人、後はまだ何も出ていない。埃が出た五人にしてもそれぞれ恨まれるネタはあるが、パーティー出席者全員毒殺に至るほどの動機にはならん。関係者のアリバイを片っ端から調べているが、当日富士見インペリアルホテルにいた人間はゼロだ」

　普通に生活している者は抱く殺意も十人並みということか。

「現場で立ち働いていた四人の従業員についても個別の鑑取りは捗々《はかばか》しくない。草間博行、桑名紹子、黒住光希子、そして笹本なおみ。草間は職場でのパワハラが問題になっていた。桑名は風俗でのバイトを隠していた。出てきた埃はそれだけだ。到底、大量殺人の動機にはなり得ない。そもそも客の飲み物を全て開栓してワゴンで運んできたのが不詳女性であるのは、四人の証言が一致している」

「不詳女性はホテルの制服を着ていました。まさか制服姿でホテルから脱出するとは思えません」

「ホテル内で着替えた可能性は既に検討している。現在、ホテルのダストボックスおよびリネン室に放り込まれていた制服は回収して鑑識に回されている」

宴会場は徹底的に清掃された後、催事に開放されている。従って〈翡翠の間〉の床には同窓会の出席者と四人の従業員、そして不詳女性の残留物が落ちているはずだ。無論、騒ぎを聞いて駆けつけたホテル関係者の指紋や毛髪は提出済みになっている。採取された残留物、たとえば不明毛髪がダストボックスやリネン室に放り込まれた制服からも採取された場合、不詳女性のものである確率は高くなる。解析してＤＮＡ型が判明すれば、犯人特定の材料にもなる。問題は対象となる制服が五百着以上あったことだ。鑑識課総動員で分別に当たっているが、肝心の分析機器に限りがあるため、期待以上には進んでいないのが現状だった。フロア係の女性従業員だけで八百四十人を擁する巨大ホテル、十七名に及ぶ大量の被害者。何もかもが桁違いであり、捜査が遅々として進まないのはむしろ当然だった。

だが事件が大きければ大きいほど、世間とマスコミは早期解決を望む。進捗状況との乖離《かいり》は、そのまま捜査本部のストレスとなって蓄積していく。

「例の〈1〉について、何か捜査線上に浮かびましたか」

「日坂議員のあらゆる属性を照合しているが、未だに奴さんが〈1〉だという要素が見当たらない。当選回数でもなければ比例の順位でもない。強いて言えば、与党内で〈1〉番疎ましく思われているという事実だ」

「しかし同僚議員ですよ」

「秘書へのパワハラと不倫だけならまだしも、裏金の運び屋だという噂まで取り沙汰されている。証人喚問でもされてみろ。下手《へた》すれば芋づる式に逮捕者が出かねん。国民党にとって日坂議員は獅子《しし》身中の虫だ」

では、その虫を駆除する力が永田町方面から働いたとでもいうのか。

「パーティー出席者の中で日坂議員だけを狙うのが目的なら数字の印刷された紙片は目印になる」

「毒物を混入させたグラスに紙片を付着させておくんですね」

不詳女性が実行犯だとすれば、この説は大いに頷ける。だがこの可能性は真っ先に排除できる。

「ところが配られたグラス全てに毒物が混入されていた。紙片が目印だったという説は却下だ」

「もう他の解釈は思いつきませんよ」

「まだ最悪の解釈が残っている」

桐島は思わせぶりな物言いをする。

「この犯行以上に最悪なことなんて想像もできませんけど、それはどういう想定なんですか」

「文字通り、この大量殺人が〈1〉番目の事件だという意味だ」

いったい何を言い出した。

重ねて尋ねようとした時、刑事部屋に葛城が入ってきた。

「葛城、戻りました」

噂をすれば何とやら、葛城は永田町方面への事情聴取に駆り出されていたチームの一人だ。

「何か咥《くわ》えてきたか」

「有用なものかどうか、前評判通りですよ。日坂議員は所属する国民党からは疫病神扱い、対する野党からは英雄扱い。でも危険物みたいに思われているのは共通していますね」

葛城は申し訳なさそうな口調で続ける。たとえ対象が黒い噂塗れの議員であっても、決して惻《そく》隠《いん》の情を忘れないのが葛城の身上だった。その美徳が刑事としては不適格だという者もいるが、宮間は好意的に考えている。

「国民党の中でも最大派閥の須郷《すごう》派に属していますが、特定の議員との付き合いは聞けませんでした。いくつか政策グループには入っていましたが、その他大勢という扱いで軽視されていたきらいがあります。同僚の中には辛辣な人物評を浴びせる者も少なくありません」

「党内で孤立するようなタマだったから裏金運びに選ばれたのかもしれないな」

「身持ちと行状の悪さはマスコミ報道されるずっと以前から知れ渡っていたようです。同僚議員が彼と距離を取っていたのも、一つには日頃の行いのせいだと証言されました」

「宮間が仕入れてきた情報では、中学の時分にもイジメやら暴力やらで悪名を馳《は》せていたらしい」

葛城は苦笑してみせる。

「立場が人を作ると聞いていているんですけどね」

「人による。成長しないヤツはどんな肩書になっても一生ガキのままだ」

「それはそうと、日坂議員が裏金の運び屋だというのはガセのようですよ。しかも噂の出処《でどころ》は当の国民党須郷派だというんですから」

「どういうことだ」

「須郷派には裏金云々《うんぬん》よりも都合の悪いスキャンダルがあるみたいです。それが汚職なのか反社会的勢力との交遊なのかは分かりませんが、致命的なスキャンダルを隠蔽するために偽情報を流すというのは須郷派の常套《じょうとう》手段だと古株の政治記者から聞きました」

「運び屋の件がガセだとすると、口封じ目的で日坂を殺害するという動機も消えるぞ」

「ええ。ガセ情報に信憑性《しんぴょうせい》を持たせるために運び屋役の日坂議員を殺害するとかの回りくどい解釈も可能といえば可能ですが、無関係な十九人を巻き添えにするという推理には少し無理がありますす」


葛城の言葉に異を唱える者はいなかった。


宮間が室橋たち三人の証言を報告書に纏《まと》めていると、日坂宅に赴いていた宮藤が帰ってきた。

「班長。夫人には動機らしいものが見当たりません」

開口一番そう告げた。

「日坂議員の不倫騒動は、まだ湯気が立っているくらいだぞ」

「日坂夫婦の仲は完全に冷えきっていますよ。夫人の話では、もう五年も前から家庭内別居だったようです。近隣に訊き込みしましたが、夫婦揃っての外出も全く途絶えていたとのことでした」

元より被害者遺族への事情聴取にさほど期待をしていなかったらしく、宮藤は淡々と報告を続ける。

「日坂議員の不倫は今に始まったことではなく、結婚五年目から相手をとっかえひっかえ繰り返していました。夫婦仲が冷えきったのが先か、それとも不倫が先だったのかは夫人も記憶が曖昧でしたが、いずれにしても今回の不倫騒動で夫人が殺意を抱くというのは考え難いですね。百歩譲って日坂議員を殺したいほど憎んでいたとしても、それで夫のクラスメイトを巻き添えにしてやろうとは、普通考えないでしょう」

桐島が何か言おうとするのを遮って、報告を続ける。

「夫人にはアリバイもあります。同窓会のあった六月三日、夫人は朝から青山《あおやま》に出掛けていて、事件の知らせを受けるまでショッピングを続けていました。店員の証言で裏も取れています」

毒殺は犯人が現場にいなくても実行可能の犯罪だが、今回の場合はパーティー開始の直前に毒物を混入させるという条件が付帯する。従って現場にいなかった人間は自動的に容疑者リストから外れる。

桐島はむっつりと黙り込んでしまった。

まずい。

桐島でなくても状況が嫌な方に流れているのが分かる。四百名もの捜査員を投入したにも拘わらず、得られた手掛かりは皆無に近い。

こうした重大事件で手掛かりがやたらに多い時は迷宮入りになりやすい。物的証拠の多さに図体の大きい捜査本部が迷走させられるためだが、逆にこれだけ手掛かりが少ないと方向性を見極められず、やはり迷宮に誘《いざな》われる。

迷宮入りは本部長の威信に傷がつくが、刑事部長や管理官の評価にも影響する。もちろん専従となった班の責任者も例外ではない。

刑事部屋の空気が目に見えて重くなっていく。科捜研の宗石が姿を見せたのは、ちょうどそんな時だった。

「不詳女性の３Ｄ画像が解析できました」

「見せてくれ」

宗石が持参したノートパソコンを開くと、桐島をはじめ周囲にいた捜査員たちが集まってきた。宮間も葛城の隣に陣取り、モニターに見入る。

桐島班の全員が穴の開くほど見た、日坂の乾杯直前の画像。不詳女性を斜め後ろから捉えた唯一の顔。宗石の操作で顔面の特徴点が増えていく。

「正面に回り込みます」

特徴点を浮かべたまま不詳女性の顔がこちらを向く。生物感の欠落した表情は３Ｄ特有のものだが、人物特定には充分だろう。

特徴点を消し去ると不詳女性の人相が明らかになった。

丸顔で目鼻立ちがはっきりしている。笑えば愛嬌《あいきょう》のある顔だ。四十代と思《おぼ》しいが、美人に分類して差《さ》し支《つか》えない。加えて人の良さそうな顔立ちでもある。

「……とても大量無差別殺人を計画するような女には見えませんね」

正直に吐露して宮間は後悔する。凶悪犯か否かを顔で判断するなど愚かしいにも程がある。だが誰一人として否定しなかった。

「どこかで見た顔だな」

宮藤が呟《つぶや》くと、宗石が我が意を得たりと頷く。

「さすがですね、宮藤さん。わたしなんかデータベース漁《あさ》った挙句に、やっと思い出したというのに」

「データベース。まさか前科があるのか」

「正確には前科がつく前に行方を晦ませてしまいましたから指名手配中ですけどね」

宗石はデータベースに接続し、不詳女性と人相が一致する対象を検索していく。ものの数十秒で該当者がヒットした。

手配写真と3D画像が並び、同調率が見る間に上昇していく。

『80パーセントの確率で一致』

「特徴点で形成される3D画像はあくまでもすっぴんの顔です。厚化粧を施されると確率はいくぶん低くなりますが、このパーセンテージであれば、ほぼ同一人物と考えていいでしょうね」

表示された該当者の氏名を見て、宮間は驚いた。

有働《うどう》さゆり。

以前、飯能《はんのう》市で発生した連続殺人事件。彼女こそは実行犯と目されたが、精神鑑定の結果、精神疾患と認定されて八王子《はちおうじ》医療刑務所に放り込まれた。起訴前鑑定で精神疾患と診断されれば、裁判が開かれても刑法第三十九条を適用される可能性が大だ。そもそも容疑者の精神状態が不安定では公判が維持できない。

ところが様々な思惑が交錯し、司法機関がその扱いに苦慮しているさ中、事もあろうに有働さゆりは警備の隙を突いて医療刑務所を脱走してしまったのだ。

警察は慌てて全国指名手配したが、以来有働さゆりの行方は杳《よう》として知れなかった。その女が、まさかこんなかたちで我々の前に現れるとは。

モニターに釘付《くぎづ》けになっていた者たち全員が声を失っていた。

＊

六月三日、富士見インペリアルホテル〈翡翠の間〉。

「さて、皆さんのお手元にグラスは行き渡りましたでしょうか。卒業から二十五年。変わるものもあり変わらぬものもあり。しかしわたしたちの友情と希望は変わらぬものと言えます。来年、いや、次の四半世紀後もこうして杯を交わすことを祈念して。乾杯！」

発声した日坂がグラスの中身を飲み干すのをドアの隙間から確認すると、フロア係に扮《ふん》した有働さゆりは口を綻《ほころ》ばせた。

次の瞬間、華やかだった宴会場の空気が一変した。

絶句。

不審。

それに続く不意打ちの衝撃。

パーティー出席者全員が床に倒れて悶え苦しみ始める。給仕たちは突然の変事に為《な》す術《すべ》もなく右往左往していた。

呻《うめ》き声と悲鳴、泣き声と叫び。阿鼻叫喚とはこのことかと思う。

ちらと振り返ると、もう日坂は動くのをやめていた。シアン化カリウムは即効性だ。致死量を飲めば十五分以内に死に到る。毒を服《の》まされた二十人のほとんどは助からないだろう。

給仕たちが狼狽《うろた》えているのを尻目に、さゆりは〈翡翠の間〉から抜け出す。その場に相応《ふさわ》しい衣装は風景の一部だ。まるで保護色のように自分を隠してくれる。さゆりが廊下を歩いていても、気にする者は誰もいない。〈翡翠の間〉でもそうだった。スタッフルームから開栓済みのボトルを運んできた際も、一人としてさゆりに注意を払わなかった。さゆりはただ、防犯カメラの向きにさえ留意すればよかったのだ。

素知らぬ顔で従業員用エレベーターに乗り込む。料理や機材を搬入出する用途に使用されるので、あまり人が乗ってこないのは好都合だった。

地下二階は駐車場と直結している。制服姿のままエレベーターから出ると、指定された場所に黒のワゴン車が停《と》まっていた。さゆりは後部座席のドアを開けて身を滑り込ませる。

「首尾は?」

「上々」

答えながら制服を脱ぐ。元はリネン室にあったものを拝借したのだが、自分の汗や毛髪が付着した今となっては返却もできない。このまま持ち帰って焼却するしかないだろう。

「だけど何人かはソフトドリンクだった。ひょっとしたらあの人たちは助かるかもしれない」

「そう」

さゆりが着替えをしている間にワゴン車が発車する。ハンドルを握る彼女はソフトドリンクを頼んだ人物の内訳には興味がないような口ぶりだった。

「お疲れ様。お礼はバックポケットに入っているから」

言われた通りバックポケットに手を入れると、札の入った紙袋が出てきた。さゆりは中身を検《あらた》める。約束通りの金額だった。

長らく、これほどまとまったカネを手にしなかった。しばらくはビジネスホテルを泊まり歩ける。

医療刑務所を脱走して数週間もすると逃亡資金が底をついた。やむを得ず仕事を探してみたが、履歴書なしで雇ってくれるところなど滅多にない。運よく潜り込めても指名手配が仇《あだ》になり、怪しまれる前に自分から辞めるしかなかった。

不意にさゆりは興味が湧いた。

「訊いていいですか」

「答えられることなら」

「あのパーティーの出席者のうちで、いったい誰が憎かったの」

出席者の誰が何を飲むのか事前に分かるはずもない。分かったとしても、さゆりが案配よく対象の人物に毒物入りグラスを手渡せる保証もない。目的の人間を確実に葬るには、全てのグラスに毒物を混入させるのが一番確実な方法だった。日坂という議員にグラスを渡す際、紙ナプキンの外側に紙片を紛れ込ませるように指示されたが、だからといって彼が標的だったとは限らない。

さゆりが返事を待っていると、すぐに運転席から声が返ってきた。

「それは答えられない質問ね」

蒲生美智留《がもうみちる》の返事はひどく素っ気なかった。

二　高濱幸見

1

六月二十日午前六時四十五分、新宿《しんじゅく》都庁大型バス専用駐車場。

そろそろ通勤客が目立ち始めた頃、バス停には二十人ほどの人間が集まっていた。七十代と思しき夫婦連れからOL同士のグループまで老若男女が揃っている。見かけないのはカップルの組み合わせくらいか。中には一人きりで参加している女性もいるが、集団から離れた場所でぽつねんと立ち尽くしている。UV対策なのか鍔《つば》の大きな帽子を被《かぶ》っているので人相も年齢も分からない。

「結構、色んな層が集まっているな」

辻倉佐和子《つじくらさわこ》の横で周囲を眺めていた正人《まさと》が呟く。正人も佐和子もとうに六十を過ぎているが、老人ばかりの集まりになるのが嫌なのだろう。自分たちよりも若い乗客を見る目はどこか生き生きとしている。若い女にうつつを抜かしているのではなく、若さそのものに郷愁じみたものを抱いていると知っているので腹も立たない。実を言えば佐和子にもその傾向はあり、六十代はまだ熟年のうちだといつも自分に言い聞かせている。

辻倉夫婦が参加しているのは〈戸狩《とがり》　手打ちそばと温泉〉と銘打った一泊ツアーだ。宿泊先はそこそこ有名な宿でパンフレットに掲載されている夕食も豪華。通常であれば二人で三万六千円のところ、旅行会社が企画したプランは税別で一万九千八百円。ほぼ半額の価格設定であり、夫婦揃って温泉好きの佐和子たちは一も二もなく飛びついた次第だった。

「格安ツアーなのに、あんまり人気がないのかな」

正人は少し残念そうに言う。

「手打ちそば食べて温泉入るだけだものね。他の人はもっと別のオプションがついたツアーを選んでるのよ」

行程表には五十分集合、七時十分出発とある。定刻が近づくと、お目当ての高速バスが現れた。

「お待たせしました」

停車したバスから降りてきたのはガイドらしき女性だ。

「〈戸狩　手打ちそばと温泉ツアー〉のお客様ですね。手荷物以外はトランクルームでお預りします」

佐和子たちはキャリーケース一個だけを預けて車内に乗り込む。座席はツアーの申し込みをした際に指定してある。佐和子たちは先頭に向かって右側のほぼ真ん中の席。六十席もある大型バスで車内は広く、座席もゆったりしている。目的地の戸狩温泉まではおよそ五時間三十分。決して短くない乗車時間を快適に過ごすためには充分な設備と言える。

集合時間を十分も過ぎると、半数近くの座席が埋まった。どうやら参加者は三十人に満たないようでひと席ずつ間が空いている。満員状態が苦手な佐和子にはうってつけの乗車率だった。先刻見かけた一人きりの女性客は運転席の真後ろに座っている。不作法にもバスの中でも帽子を被ったままだ。もっともレストランではないので不作法というのは少し言い過ぎかもしれない。

七時十分、参加者全員が揃ったらしくガイドが乗客たちを見回した。佐和子も数えてみたが、自分たち夫婦を含めて二十八名の乗客だった。

「皆さん、おはようございます。〈戸狩　手打ちそばと温泉ツアー〉にご参加ありがとうございます。私、ガイドを務めさせていただきます高濱《たかはま》と申します。戸狩までの旅をご一緒させていただきますので、何なりとお申しつけください」

ガイドの口上が終わると、バスがするすると走り出す。空は生憎《あいにく》の曇り模様だが、予報によれば行き先の長野は快晴らしいので、佐和子はあまり気にしない。

「この後、バスは練馬《ねりま》区役所、千曲川《ちくまがわ》さかき、上信越《じょうしんえつ》道屋代《やしろ》、松代《まつしろ》パーキングエリア、長野インター前、川中島《かわなかじま》古戦場を経て、目的地の戸狩温泉に向かいます。到着予定時刻は十二時三十五分から四十五分を見込んでおりますが、道路状況と天候により前後することがございますので、予めお断りしておきます」

高速道路走行中は各停留所が十分から二十五分の休憩場所になる。これもトイレが近い佐和子には有難い。

「尚、各停留所での休憩時間を過ぎてもお客様が戻られない場合、申し訳ありませんがそのまま発車させていただきます」

ツアーといえども添乗員は随行していないので、これは当然の対処だろう。言い換えれば、事前に伝えておく必要があるほど遅刻する者が多いという証左だ。

「あんな風に言うけどさ」

「うん」

「それでも旅行会社やバス会社はトラブルが怖いからぎりぎりまで待つんだよな。こういうのは日本だけで、外国だと待たずにさっさと発車するぞ」

正人はガイドの説明に茶々を入れるのを忘れない。若い頃からその癖はあったが、定年退職してからはますます顕著になった。愚痴は老化現象の一つとも聞いているので注意が必要だが、佐和子も似たような不満を抱いているので反論しない。

一応は貸切バスだが、ガイドが必要以上にうるさくないのは好印象だった。格安ツアーなのでサービスを制限しているという見方もできるが、早朝から都庁に待機していた客の中には今から睡眠を摂《と》りたい者もいるのでこれも有難い。佐和子たちも長野はもう四回目なので有名な観光スポットは押さえてある。今更既知の情報を聞かされても退屈なだけだ。

「しかし五時間半、ずっと座りっぱなしというのは、さすがに腰にきそうだな」

「でも、こういうバスの長旅は疲れる反面、温泉に入った時の解放感が堪《たま》らないのよ」

「それはそうなんだが、帰りも同じバス旅だろ。温泉で折角リフレッシュしても、また長旅で疲れたんじゃ元の木阿弥《もくあみ》だ」

「もうっ。バスに乗ったばかりなのに、もう文句言い出すんだから」

「お前だって旅行から帰ってきた途端、『自分ん家《ち》が一番』とか言うじゃないか。口にするのが早いか遅いかだけの違いだ」

本当のことなので佐和子は言い返せない。やはり夫婦ともども愚痴っぽくなっているのは否めない。

予想通り、東京を離れると天気が回復してきた。雲の間から陽光が射《さ》し始め、これからの信濃《しなの》路《じ》を期待させてくれる。

「ねえねえ、照枝《てるえ》さん。うきうきするでしょ。新幹線や飛行機もいいけど、こういうバスの長旅も乙なものでしょ」

「わたし、旅行なんて本当に久しぶりなものだから勝手が分からなくて」

旅慣れた佐和子たちは移動中に大声で話すことはないが、後ろの席の老婦人コンビはやや傍若無人の体で語らっている。正人は露骨に嫌な顔をするが、佐和子は鷹揚《おうよう》だった。道中で気の合った者同士があれこれと話に興じるのも旅行の醍醐味《だいごみ》だ。温泉なら温泉、食事なら食事と主目的しか頭にない正人は、折角の愉《たの》しみをフイにしているとしか思えない。

「久しぶりってねえ、照枝さん。わたしたちみたいな独り者は何か一つは愉しみを見つけないとダメよ。家にいたって話し相手なんてテレビくらいしかないし、だからと言ってテレビ相手に頷いたり怒ったりしても空しいしねえ」

「元々、咲代《さきよ》さんは社交性があるからいいじゃないの。わたしなんて家族がいた頃から外に出ることがあまりなかったから」

「ああ、あなたはね、家族を一遍に失ったから余計に閉じ籠っちゃったきらいはあるわね。外に出れば出たで、近所がうるさいだろうし」

「今だからやっと言えるんだけど、近所の噂話やイヤミが一番応えた。あなたのためを思って言ってるんだという人に限って、一番ひどいことを言ってた」

「家の中でじっとしていても敵はくる、か。そういう時こそ旅行に出かけるべきよ」

「だから咲代さんと旅トモになれて本当によかった。あのまま家に閉じ籠っていたら、絶対ノイローゼか鬱になってたと思う」

どうやら照枝という人は家族にとんでもない不幸があったらしい。旅トモと知り合って旅行の愉しさに目覚めたというのなら喜ばしいことだと、佐和子は思う。

ただ日常を過ごしているだけでも哀《かな》しみや切なさはやってくる。病気と貧困が根絶されない限り、いつでもどこでも悲劇は転がっている。そして病気も貧困も佐和子たちに全く無関係とは言い切れないので、つい切実に考えてしまう。

人にも牛馬と同様に放牧が必要だ。世情の憂さを晴らし、心身ともにリフレッシュする場所が必要だ。自分が旅行を好きでよかったと思う。

バスは何事もなく練馬区役所、千曲川さかき、上信越道屋代と立ち寄っていく。心配されていた渋滞も不測の事態もなく、極めて順調な運行が続く。

ガイドの高濱が通路を通りかかった時、正人が声を掛けた。

「すみません。次のパーキングエリアでは休憩時間、何分ありますか」

「お食事やお土産《みやげ》を買う時間も要るので二十五分にしています」

「二十五分は結構な長さですね」

「いえいえ、お土産の品定めとかしていたら二十五分はあっと言う間です。以前は十五分だったんですけど、お客様から延長の要望が多くて二十五分にした経緯があるくらいで」

どこか楽しげな口調だったので佐和子は二人の話に割り込む。

「ガイドさんもお土産買ったりするんですか」

「実はちょっと楽しみなんです」

高濱は悪戯《いたずら》っぽく笑ってみせる。

「新宿～長野方面のバスを担当し始めたのは先月からなんですけど、長野って結構地味だけど美味しいものが多いんです。おやきとかクルミバターとか」

「あー、それ、わたしも大好物。甘さ控えめだからつい食べ過ぎちゃって」

「ですよねー。ホント美味しいものって財布と身体に悪くて」

屈託なく笑う高濱を見ていると、こちらまで自然に笑みがこぼれてくる。日常生活では決して交わるはずのない相手と出逢《であ》い、交わすはずのなかった言葉で盛り上がる。これも旅行の醍醐味だ。

ひとしきり話に花が咲くと、そろそろ松代パーキングエリアが近づいてきた。現在時刻は十時四十分。これもほぼ予定通りだった。

バスがパーキングエリアの駐車場に滑り込むと、今までトイレを我慢していたらしい乗客たちが一斉に飛び出した。トイレでなくても、長時間座席に縛りつけられていたのだから外に出たいというのは当然の欲求だった。

佐和子と正人も例外ではない。皆に遅れる格好で車外に出る。気がつけば高濱の姿もなく、バスに残っているのは運転手一人だけだった。

外の空気は心地《ここち》よく乾いていた。佐和子は正人とともに思いきり背を伸ばす。

長野の空は東京よりも高く感じられる。眺めていると身体が浮き上がりそうな錯覚に陥る。

やっぱり来て正解だった。

正人と目配《めくば》せをして中に入っていく。レストランがないので、佐和子たちはフードコートとショッピングコーナーを回るしかない。

他の乗客や高濱が土産品を物色したり自撮りをしたりしている中、鍔広帽子の女性だけは一人でコーナーをうろついていた。何に興味を示すでもなく、決められたコースを辿《たど》っているように歩いている。

「ね、あの人」

佐和子は肘で突いて注意を促すが、正人は首を横に振る。

「やめとけって。見ず知らずの人間を詮索するなよ」

「見ず知らずじゃなかったら詮索してもいいの」

「そういう意味じゃない」

ところが二人が話していると、その小柄な女性はとっととトイレのある方向へ消えていってしまった。

「ほれ。きっとこのパーキングエリアには前にも来たことがあって、トイレの場所を憶えていたんだよ」

正人はそう結論づけたが、佐和子には違和感が残る。トイレは建物内のみならず建物外にも設置されている。以前に来たことがあるのなら、最初から建物外のトイレに直行するはずではないのか。

だが小柄な女性を尾行するほどの好奇心はなく、佐和子の興味はショッピングコーナーの野沢《のざわ》菜《な》に向けられた。

十一時ジャストになって佐和子と正人はバスに戻った。車内を見渡すと既に七割方が席についている。この調子なら約束の時間には何人かの遅刻者を除いてほぼ全員が揃うと思われる。

果たして十一時五分を二分過ぎた頃、「すみませーん」と謝りながらOLのグループが駆け込んできた。更にその三分後、ともに七十代と思しき夫婦がよたよたと乗り込んできた。

だがガイドの高濱は憂鬱な顔をして乗客を数えだす。佐和子も数えてみたが自分たち夫婦を含めて二十七名しかいなかった。

一人足りない。

誰が遅れているかは一目瞭然だ。運転席の真後ろに座っていた小柄な女性の姿が見えない。座席の足元には小さなバッグが置かれたままになっているので戻ってこないはずがない。

「ちょっと探してきます」

高濱はそう言って外に出た。仕事とはいえ大変だな、と佐和子は思う。いくら年を食っても集団行動に馴染《なじ》めない者が存在する。そういう輩の世話をするのだから、バスガイドは保育園の先生並みの重労働だと同情してしまう。

二十分後、高濱が疲れた顔で戻ってきた。運転席の後ろが依然として無人であるのを確認して嘆息する。

「どなたか、ここに座っていたお客様を見かけませんでしたか」

瞬時に佐和子は手を挙げた。

「ショッピングコーナーで、トイレの方に行くのを見ましたけど」

「パーキングエリアのトイレは全部見て回りました。駄目でした。どこにもいらっしゃいません」

すると他の乗客から不満たらたらの声が上がった。

「ねえ、バスガイドさん。もう定刻から二十五分も経ってるよ。こんなの遅れる方が悪いんだから、さっさと発車してよ」

「そうそう。わたしらもさあ、宿に着いてからの行動、ちゃんと計画しているんだし」

「交通渋滞とか事故で遅れるなら渋々納得もするけどさ。これって完全に個人的な理由だよね」

「待つのにも限界がある」

さすがに乗客の機嫌はよろしくなく、しかも車内の雰囲気が悪くなるに従って言葉がますます尖《とが》っていく。

「すみません。もう少しだけお待ちいただけませんでしょうか」

高濱は焦燥に顔を歪《ゆが》めながら腕時計を睨み続ける。そして約束の時間から三十分が経過した時、遂に顔を上げた。

「しかたないですね。発車します」

高濱の宣言を合図にバスは無情にも滑り出す。いや、三十分も待ったのだから充分に厚情ではないか。

バスが走り出すと剣呑だった空気が、ふっと緩和される。次に訪れたのは気まずさだ。遅れた者に責任があるから発車を急《せ》かせた自分たちは悪くない。しかし置き去りにされた女性のことを考えると若干気の毒にもなる。

この場合、置き去りにされた客は予約した宿泊先に連絡して迎えにきてもらうか、さもなければパーキングエリア内でヒッチハイクをするしかない。どちらにしても自己責任だからやむを得ないが、費用が余分にかかってしまうのは覚悟するべきだろう。

「どんな理由で遅れたかは知らないけど高くつくだろうな」

正人は他人事《ひとごと》と割り切った口調で言う。

「ひょっとしたら急に具合が悪くなって、どこかで倒れているかも」

「それなら周りの人間が放っておかないだろ。そもそも急に悪化するような持病があるなら一人きりでツアーに参加する方が間違っている」

正人の言い分はもっともであり、佐和子は何の反論も思いつかない。

やがて長野インターチェンジまであと数キロと迫ったその時だった。

佐和子たちは信じられないものを見た。

運転席の真後ろ、無人となった座席が突如として爆裂したのだ。

耳をつんざく轟音《ごうおん》と火柱。

破砕された座席のウレタンとスプリングが飛散し、黒煙が周囲を焦がす。

佐和子の真横で「うわ」と気の抜けたような声が洩れる。見れば正人の右眼窩《がんか》にスプリングの一部が突き刺さっていた。

佐和子は叫ぶ間もなかった。

爆風で高濱は吹き飛ばされ、スイング扉に激突した。ガラスが割れたのかどうか、高濱がどんな怪我《けが》を負ったのかは瞬時に判断できない。

「きゃああっ」

「ひい」

「助け」

「ひわあっ」

叫べる者はまだしもましな方だった。乗客の多くは目と口を大きく開いたまま、身体を硬直させてぴくりとも動けないでいる。

次に破砕された座席から現れた火の手が猛烈な勢いで噴き上がった。文字通り燃える手が運転席に伸び、あっと言う間に背後から運転手を包み込む。

「うわあああっ」

爆裂が起きた際ですら辛うじて機能していた自制心と使命感は呆気なく砕け散る。運転手は奇《き》天烈《てれつ》な叫びを上げながら、遂にハンドルを手放してしまう。

車体が蛇行を始める。ほとんどの乗客はシートベルトをしていなかったので、一斉に身体を傾ける。

考える間も与えられず、おそらくは最大の衝撃が乗客たちに降りかかる。

バスはガードレールの延長線上に設置された防音壁に真正面から突っ込んだ。

高速で激突する車体にとって縦方向にそびえる防音壁はギロチンの役目を果たした。左側の座席に座っていた乗客たちは車体とともに肉体を寸断されるか押し潰される。佐和子の面前に切断された女性の首が飛んできた。

轟音と破砕音に彼らの断末魔の悲鳴も掻《か》き消される。飛び散る血飛沫《ちしぶき》と肉片が悲鳴の代わりとなった。

佐和子たちの真横を防音壁が突き進む。障害になるようなものは何一つなく、大型バスはまるでケーキのように分断されていく。

この世の光景とは到底思えない。

視覚以外の感覚が麻痺しているためか、時間が長く感じられる。防音壁で真っ二つにされた車体はやがて左右に切り分けられていく。佐和子たちの座っていた右側はゆっくりと傾き、やがて道路と平行になる。

最後の衝撃だった。

分断された車体は道路と激突し、半数の乗客たちはその直撃を食らった。体幹そのものを破砕するような衝撃だった。

ああ、自分はここで死ぬのだ。

混乱する思考の片隅だけが不自然なほど明瞭に覚醒している。自分の身体が宙に浮いているのが分かる。

だが佐和子の身体が地面に向かって墜落する途中、がっしりとした肉体に包まれた。

正人だった。

夫の顔は真っ直《まっす》ぐ佐和子に向けられている。その目は既に光を失っているが、佐和子以外を見ようとはしていない。

あなた。

喉も裂けんばかりに張り上げたつもりだったが声にはならなかった。

次の瞬間、佐和子の意識はぷっつりと途切れた。

2

午前十一時五十分頃、上信越自動車道長野インターチェンジ付近にて大型バスの衝突事故が発生。

一報を受けた長野県警高速道路交通警察隊は直ちに現場に急行したが、横峰《よこみね》隊長をはじめとした捜査員たちが目にしたのは冗談のような光景だった。

大型バスが防音壁によって縦に切断され、左側座席に座っていた乗客の大半は原形を留《とど》めないまでに身体損傷が甚だしかった。

右側座席の乗客たちも決して幸運とは言えない。何らかの原因で出火したらしく運転席の周辺は大半が炎上、横峰たちが到着した時点でもまだ燃え続けていた。焼失部分からはほぼ炭化した焼死体が発見されたが、これは運転手と思われる。

右側座席の乗客たちは車体ごと路面に激突しており、こちらも大半が人間として有り得ない格好で投げ出されていた。車体が防音壁に激突した衝撃、路面に接触した衝撃、更に遠心力によって投げ出され、ひと目で即死と分かるものがほとんどだった。

先着していた救急隊員たちは誰もが陰鬱な顔をしていた。当然だろう。報《しら》せを受けて駆けつけたものの、ここには彼らの活躍する場所が見当たらない。蘇生や延命にはほど遠い肉体が無造作に散乱しているだけだからだ。

地獄絵図。

横峰の脳裏に手垢《てあか》がついた四文字が浮かぶ。今の今まで陳腐な比喩だと馬鹿にしてきたが、この惨状を指すには最も相応しい単語だった。

横峰たちの仕事は交通事件と交通事故の全容解明だが、被害者の生存を確認する救急隊員を見ていると立ち尽くしているのが苦痛に思えてくる。

間もなく横峰たちも生存者確認に動き出す。

現場には黒煙のキナ臭さとともに肉片の腐り始める臭いと夥《おびただ》しい流血の臭いが渾然《こんぜん》一体となり、死体に慣れたはずの捜査員にさえ吐き気を催させる。交通規制をかけて通行車両を遮断したのは正解だった。こんな惨状を人目に晒《さら》す訳にはいかない。しかし現場は広範囲に亘《わた》っており、ブルーシートで覆い隠すにも限度がある。気がつけばはるか上空を報道関係のものと思しきヘリコプターが旋回している。横峰はこの場に地対空ミサイルでもあればすぐにでも撃ち落としてやりたい気分に駆られる。

生存者確認と言いながら、現場には絶望と鎮魂の空気が流れている。横峰自身、交通警察隊に籍を置いてずいぶんになるが、これほど被害者の数が多く酸鼻極まる現場は初めてだった。せめて今は救えなかった命に手を合わせ、事故の全容解明に奔走するしかない。

沈鬱した気持ちのまま作業を続けていると、やがてあちらこちらから生存者確認の声が聞こえてきた。

「女性一名、生存確認」

「こちらも女性一名の生存を確認。至急救命措置をお願いします」

生存確認の度に歓声が上がる。暗闇の中に一条の光を見たからだろう。

だが一条は所詮一条に過ぎない。生存者確認とは死者の数を把握することでもある。そして今回の場合、原形を留めない死体が多く個人の特定に困難さが付き纏うのは想像に難くない。

救急隊と交通警察隊合同の調査の結果、被害者の内訳は死者二十六名、重傷者二名、軽傷者一名であることが判明した。捜査本部はツアーを企画した〈ミライトラベル〉から参加者名簿を入手し、その全家族に連絡。被害者の着衣と所持品から個人の特定を進めた。

・死亡　吾妻咲代　阿川圭太　阿川真澄　加門幸太郎　加門那美　加納益美　佐藤一郎　佐藤瑤子　鷹野恵子　高橋ふみ　高濱幸見（バスガイド）　辻倉正人　戸野山秀文　戸野山しずか　成宮ひかり　二階章介　二階真知子　野々宮照枝　羽田喜一郎　羽田みどり　樋野孝美　樋野紀久子　藤沢基樹（当該運転手）　牧田紹子　三橋たか子　森沢加奈　以上二十六名

・重傷　紅村アキ　八木寿美子　以上二名

・軽傷　辻倉佐和子

事故を起こした大型バスが他の車両と接触した形跡がないこと、大型バスの近くを走行していた目撃車両搭載のドライブレコーダーの映像から、運転手がハンドル操作を誤り防音壁に追突した——初動捜査の段階ではそうした見方が大勢を占めた。

ところが運転席の焼失具合が突出していた点に疑問が持たれ科捜研が分析したところ、火薬と可燃性物質が検出されて風向きが一変した。

更に唯一の軽傷者である辻倉佐和子が意識を回復し事情聴取に応じたので、事故直前の状況も次第に明らかになった。因みに辻倉佐和子が軽傷で済んだのは夫正人の身体がクッション代わりになり数々の衝撃を吸収したからだ。佐和子は夫が自分を庇《かば》って死亡した事実に泣き崩れ、しばらくは会話ができる状態ではなかった。宥《なだ》めすかすのに一時間ほど費やし、ようやく話を聞くことができた。

その証言内容は運転席付近から火薬と可燃性物質が検出された事実の裏付けとなった。

質問した横峰は自分でも興奮しているのが分かった。

「辻倉さん。辛《つら》いのはお察ししますが、どうか冷静になって答えてください。最初に爆発したのは運転席の真後ろだったんですね」

「はい……いきなり座席が爆発して、その直後に炎が噴き上がりました」

噴き上がった炎は運転席の藤沢を直撃、火だるまとなった彼がハンドルから手を放した途端、バスの蛇行が始まったと言う。蛇行したバスが防音壁に正面衝突したという目撃証言とも一致する。

「爆発した座席に何か不審物のようなものはありませんでしたか」

「待ってください」

束の間、佐和子は当時の記憶をまさぐるように目を閉じる。

「……元々、その座席には小柄な女の人が乗っていました。座席の足元にその人の持ち物らしいバッグが置き去りにされていました。不審物かどうかは分かりません」

この時点でツアーの参加者の中で生死の確認できない人物が一人存在していた。名前は姫野朝子《ひめのあさこ》と記録にある。

「パーキングエリアでの休憩時間を三十分過ぎても戻らなかったので、その人を置いて発車したんです。爆発したのはその十数分後だったと思います」

「女性の人相ならびに特徴を思い出せますか」

「それが……新宿都庁の乗り場から車内まで、ずっと鍔の広い帽子を被ったままでしたから」

車内でも帽子を取らなかったことに、まず違和感がある。長距離バスで移動となれば車窓の景色くらいしか見るものがない。それにも拘わらず帽子を被り続けるのは道理に合わない。

考えられる可能性は顔を見られたくなかったからに尽きる。

事故車と同タイプの大型バスで確認したところ、ドライブレコーダーは運転席からの前後を撮影範囲としている。仕切り等遮蔽物《しゃへい》はあるものの、真後ろの座席も当然映り込む位置にある。犯行を計画した段階で顔を隠そうと努めるのはむしろ当然と言える。

これは計画的犯行に相違ない。

横峰はそう判断していた。姫野朝子という人物が予め爆発物を潜ませたバッグをわざと置き忘れ、松代パーキングエリアで危険な大型バスから離脱する。バッグの中身が爆発すれば前方の運転手に被害が及び、まともなハンドル操作ができなくなるのは自明の理だ。高速道路上でハンドル操作を誤った大型バスがどうなるかは容易に想像がつく。

事情聴取を終えた横峰の許《もと》には新たな証拠物件が届けられた。事故車となった大型バスに搭載されていたドライブレコーダーの映像だ。炎に巻かれ車両大破の衝撃によって大きく破損していたものを、科捜研が復元してくれた。

横峰をはじめとした捜査本部の面々は目を凝らして映像に見入る。

映像は都庁大型バス専用駐車場からスタートする。次々に乗り込む乗客に交じって鍔広帽子の姫野朝子が運転席の真後ろに座る。カメラが高い位置に設置されているため、帽子に遮られて女の顔は全く映らない。

　再生が進むにつれ、姫野朝子の行動の異常さが浮かび上がる。一人きりで座り、車窓を眺めるでも本を読むでもなく、まるでマネキン人形のように姿勢を変えずにいる。他の乗客たちが和気《わき》藹々《あいあい》と会話に興じているので余計に浮いて見える。

　動きがあったのは十時四十分、松代パーキングエリアに到着した時だ。姫野朝子が立ち上がり、座席は空席となる。そのまま姫野朝子は戻らず、定刻を過ぎて三十分後にバスが発車する。そしてタイムコードが十一時四十八分を表示した瞬間、変事が発生する。突如として運転席の真後ろが爆発し、画面が大きく揺れる。背後からの炎で火だるまとなった藤沢がハンドルを離して立ち上がる。

　映像の揺れがいったん落ち着いたのも束の間、バスは防音壁に激突し、車内を金属の壁が切り裂いていく。

　その後は人体破壊が繰り広げられ、とても正視できない。直後に画面は真っ白になり、映像はそこで途切れた。

　映像を届けてくれた科捜研の宮下《みやした》は横峰と同様、映像の悲惨さに顔を顰めている。

「宮下さん。この素材から容疑者の３Ｄ画像を作成するのは可能かな」

「科捜研の人間として不可能とは口が腐っても言いたくないですね。ただ、この映像を見る限り困難であるのは理解してください」

「でしょうね」

「しかし他の情報は提供できます」

宮下が差し出したのはＡ４サイズのファイルに記された成分表だ。

「軽質ナフサ、ですか」

「粗製ガソリンともいいます。沸点範囲が35～80℃と燃焼しやすいのが特徴で、焼夷弾《しょういだん》に仕込まれた可燃物質と言えば通りがいいでしょう」

焼夷弾は太平洋戦争の際、東京大空襲に使用された武器だ。まさか現代の犯罪捜査でその名前を聞くことになるとは。

「粘着性があるので飛散するとすぐには取れない。今の映像の通り火だるまですよ」

「じゃあ、初めから運転手を狙っていたということですか」

「爆発物の大半が焼失しているので現状では断言できませんが、起爆の仕組みは見当がつきます。現場にタイマーの部品らしきものが見当たらないので、起爆方法は時限式ではなくリモート式の可能性が高い。ケータイの受信部品を使って任意の時間に起爆させたのでしょう。燃焼しやすい軽質ナフサが飛散して引火、しかも広範囲。運転中だったらひとたまりもない。無論その後の事故を予見しての仕組みですよ」

「テロリストの犯行である可能性は」

「否定はしません。しかし爆弾そのものは高校生程度の知識があれば誰にでも作れます。最近はネットに製造方法をアップする馬鹿者どもが引きも切らずいますからね」

「残留物からエンドユーザーを絞れますか」

「現在も分析の最中ですが、こうした簡易な造りの爆弾はその性格上、部品も入手が簡単なものを使用しています。簡単に絞り込めると考えない方が無難でしょう」

次第に集まりつつある物的証拠と目撃証言から浮かんでくるのは、運転手に照準を定めた大量殺人計画だ。藤沢一人だけを狙うのであれば、松代パーキングエリアで藤沢一人がバスに待機している瞬間に起爆させればいい。それを高速道路走行中に爆発させたのは、乗客を巻き添えにするという明確な意図があったからに相違ない。

だが大量殺人計画の動機となると皆目見当もつかない。

被害者の身元が明らかになった時点で、ツアー参加者のカテゴライズは完了している。後期高齢者の夫婦、旅トモのメンバー、OLのグループ。格安ツアーに参加するくらいだから少なくとも富裕層ではない。どちらかといえば低所得者層の部類に入る。テロの犠牲者として相応しい対象とは言えず、また動機が想像しづらい。

反社会的傾向が顕著な犯罪者というプロファイリングも考えられなくもない。だがこうした犯行態様のケースでは犯人側が犯行声明をするパターンが少なくないが、今のところそうした動きもない。

高速道路を走行中の大型バスを狙った大量殺人。だが犯行の派手さに比して動機の不明瞭な点が不気味さに拍車をかける。過去に扱ってきた交通事件とは明らかに肌合いが異なり、横峰は怖《おぞ》気《け》をふるう。ベテラン警察官の心証としては相応しくないが、この事件には陰湿さと憎悪が根底に流れている気がする。

そもそも〈ミライトラベル〉に登録されていた姫野朝子のデータは虚偽だった。現住所も緊急連絡先も携帯電話番号も全てが出鱈目《でたらめ》で、〈ミライトラベル〉に確認したところ、窓口で旅行代金を支払えば、その場でバスの座席も宿泊先の部屋も予約できてしまうため、不測の事態が生じない限り旅行会社からツアー客に連絡する機会はないと言う。せめて身分証明書の提示を義務づけてほしいと思うが、国内旅行ではそこまで客の個人情報を求めないとの回答だった。

捜査本部は松代パーキングエリアでバスを降りた姫野朝子を名乗る女性の行方を追うべく、エリア内に設置された全ての防犯カメラの解析を始めた。犯人と思しき不詳女性の確保こそが第一の捜査方針だった。

鑑識から興味深い報告が上がったのは、ちょうどそんな時だ。

「これはバスガイド高濱幸見《ゆきみ》の所持品です」

鑑識の笹村《ささむら》が差し出してきたのは爆発と炎でボロ雑巾のようになったバッグだ。

「さすがにブランド品と言うべきでしょうか。外側は丸焼けになっちゃいましたけど、中は大した損傷がない」

「何か犯人の手掛かりになるようなものがありましたか」

手袋を嵌《は》めた手が中から平たい金属片を取り出した。

大きさが五センチ四方、タイルの一部のようにも見えるが、何より横峰の目を引いたのは中央に刻印された数字だった。

〈2〉。

「材質は真鍮《しんちゅう》。数字は金属加工機で刻印されたものです」

「凝った造りには見えませんね」

「金属加工機と聞くと何やら大掛かりな印象になりますが、このサイズのものなら手作業でできます。アルファベットや数字の金型さえあれば素人にも作れますよ」

「しかし個人で金属加工機を所有しているとなると数は限られてくるでしょう」

「最近はホームセンターに設置してあるんですよ。まだまだ一部ですが、料金さえ払えば自分で作業できます」

「この仕上がりから該当する金属加工機を特定できますか」

「不可能ではありません。金属加工機自体がそれほど量産できるものではありませんしメーカーも限定されています。ただ、エンドユーザー＝製作者とは限りませんからね」

製作者に辿り着く方途は後で検討するとして、差し当っての問題は〈2〉の意味するところだ。

「元々、被害者の持ち物なのでしょうかね」

「遺族に確認すれば判明するかもしれません。ちょうど今日、被害者の両親が被害者の遺体を引き取りに来るんです」


高濱幸見の両親は約束通りの時間に県警本部を訪れた。二人は最初から意気消沈していたが、霊安室で娘の亡骸《なきがら》を目にした途端、母親は身も世もなく泣き叫んだ。

「幸せを見つけられるようにと付けた名前だったんです」

母親の号泣も応えたが、父親の呟きが一層身に染みた。

二人が落ち着くのを待ってから所持品の確認を願い出る。

「事件はまだ捜査中であるため、これらの所持品を返却するのは捜査終了後になります。それをお含み置きの上で、確認してください」

バッグの中身は化粧ポーチに財布、スケジュール帳と長野県観光案内。他には携帯オーディオが入っている。両親は一つ一つを感慨深げに確認していたが、最後に残った真鍮プレートについては小首を傾《かし》げた。

「この〈2〉と書かれた板だけは分かりません」

二人は済まなそうに答えたが、その答えこそ横峰が望んでいたものだった。

真鍮プレートは高濱幸見本人のものではない。

今月三日、丸の内は〈富士見インペリアルホテル〉で発生した大量毒殺事件はまだ記憶に新しい。未曽有《みぞう》の犠牲者を出したばかりか、その内の一人が現職の日坂議員という事実が世間の耳目を集めた。

そして重要な捜査情報として報道機関に伏せられていたのは、日坂議員の手に握られていた紙片の存在だ。

その紙片には〈1〉と書かれていた。

公にしていない情報とは言い換えれば秘密の暴露であり、犯人しか知らないはずの事項だ。従って、この真鍮プレートを高濱幸見のバッグに忍ばせた者がいるとすれば、その人物こそ一連の事件の犯人もしくは関係者である可能性が濃厚だった。

否応《いやおう》なく横峰は緊張する。今回の事件が富士見インペリアルホテルの大量毒殺事件と結びついているとすれば、捜査は長野県警の管轄では済まなくなる。

「お訊きしますが、娘さんと故日坂浩一議員とは何か面識がありましたか」

突然出された意外な名前に、高濱の父親は怪訝《けげん》な顔をする。

「いや……ついぞ娘からそんな話を聞いたことはありませんが。何かのお間違いではないですか」

「では別の質問を。娘さんは誰かから恨まれたり憎まれたりということがありましたか」

するど今度は母親が答えた。

「そういうことは一切なかったと思います」

口調には断固たるものがあった。

「幸見は決して高望みをする娘じゃありませんでした。それに他人の幸せを心から祝福できる娘でした。そんな娘が、どうして他人様から恨まれたり憎まれたりするんでしょうか」

母親の証言は力強いが一方的でもある。額面通りに信用するのは危険なので、勤務先や交友関係からも証言を集める必要がある。

「まさか幸見は誰かに殺されたんですか。ねえ」

いささか卑怯《ひきょう》かとも思ったが、横峰は狼狽え始めた母親を父親に丸投げして交通警察隊のフロアに急ぐ。

自分のデスクに落ち着き、警視庁に連絡する。部長に報告しないのは摑んだネタの信憑性がまだ担保されていないからだ。富士見インペリアルホテルの大量毒殺事件の担当者と意見交換し、手応えを確実なものにしたかった。

捜査一課に繋いでもらい、事件の担当者を指名する。しばらく待たされた後、電話口に男が出た。

『宮間です』

「こちら長野県警高速道路交通警察隊の横峰です。突然の電話、申し訳ありません」

『何でもこちらの大量毒殺事件に関する話だとか』

「ええ。二十日、長野インターチェンジ付近で発生した大型バス衝突事件をご存知ですか」

『もちろん。とんでもない大事故でしたね。しかしそれが何か』

「被害者の一人、バスガイドのバッグの中に奇妙なものが入っていました」

横峰は事件の概要とともに数字の刻印された真鍮プレートについて言及する。

電話口の向こうで空気が一変したのが分かった。

『……興味深い話です。ただこちらの事件で使われた番号札は紙片、そちらの事件では真鍮プレート。この相違点をどう考えますか』

「あくまでも私見ですが、犯人は車内が炎に包まれる事態を想定していたはずです。もし数字の〈2〉を我々に提示したいのなら、番号札は耐火性でなければならない。真鍮プレートを用意したのはそれが理由ではないでしょうか」

『解釈としては大いに有り得ますね。わたしも同感です』

「富士見インペリアルホテルの事件では、容疑者を絞り込めているんですか」

すると宮間は意外な名前を口にした。

「あの有働さゆりですか。八刑（八王子医療刑務所）を脱走してから音沙汰がなかったけど、まさかそちらの事件に絡んでいるとは」

『大型バス衝突事故が繋がっているとすると、松代パーキングエリアで行方を晦ませた姫野朝子は有働さゆりである確率が高くなります』

「いったい有働さゆりの犯行動機は何なんでしょうか」

『八刑に入っていた容疑者です。理解不能の動機を供述しても、今更驚きはしませんけどね』

いずれにしても互いに抱える捜査資料と情報を共有する必要が更に高まった。

『因みにこの件はどこまで上に上げていますか』

「上も何も、現時点で確証めいたものはないのでわたしの独断に過ぎません」

『では、新情報を基にした推論もわたし個人の妄想に過ぎないという話になりますね』

「一度お会いするべきだと考えます」

『同意見です』

横峰の誘いに乗り、宮間が長野まで足を運ぶことになった。

3

翌日、県警本部を宮間が訪れると、横峰は挨拶も手短に済ませて事件の詳細を説明した。ひと通り聞き終えると、宮間は悩ましげな顔で訊いてきた。

「番号札を持っていたのはバスガイドの高濱幸見だった。この事実について横峰さんはどうお考えですか」

「被害者には申し訳ないですが、彼女を狙った爆破事件というようには考え難いですね。本人のプロフィールや遺族の証言を総合しても、浮かんでくるのは至極真っ当に仕事をしている成人女性です。人を恨まず恨まれもせず、ストーカーじみた彼氏も存在しない。番号札の持ち主としては何やら資格不足の感が拭えません」

殺害されるのに資格も何もあったものではないが、番号札〈1〉の持ち主が日坂議員であったのを考えれば頷かざるを得ない。

「日坂議員の場合、彼一人の殺害に十九人もの同級生が巻き添えを食いました。そして今度もまた番号札を持った者以外の二十八人が巻き込まれている」

「高濱幸見に、他の二十八人を巻き込むだけの殺害されるべき理由があるのかという話ですね。それはわたしも疑問に思いました」

「日坂議員と高濱幸見のプロフィールを照合しましたが一致するものは何一つありませんね。年齢はもちろん、出身地も出身校も違う。姻戚関係もなければSNSで交わった形跡もない」

国会議員とバスガイド。仕事を比べるだけでも別々の世界の住人と分かる。その上年齢も違えば、一致点を探すこと自体が困難だ。

「これは日坂議員の手に握られていた番号札の実寸大コピーです」

宮間はA4サイズの書類を広げて見せる。十センチ四方の紙片、真ん中にはアラビア数字で〈1〉と記されている。コピーであっても握られた際についた皺が禍々《まがまが》しい。

「高濱幸見のバッグにあった金属片と比較できますか」

「ウチも実寸大で資料に残しています」

横峰も捜査資料のファイルから該当の写真を取り出してみる。

コピーと写真を並べてみると、番号札の材質は違っても記されている数字は級数が同一だった。

宮間は二つの数字を指しながら言う。

「級数も同じですが、二つの数字はともにHGP明朝Bという書体を使用しています。それほど特殊でもないが、日常やり取りするメールやビジネス関連に使う書体でもない」

「別人が任意に使用して一致する確率はほとんどゼロですね」

「級数と書体の一致。しかも番号札の存在は捜査情報としてクローズされています。二つの事件の犯人は有働さゆりとみて、まず間違いないでしょうね」

「同意します。しかし有働さゆりが犯人である可能性が高いとなると、尚更《なおさら》日坂議員と高濱幸見を繋ぐ線が何なのかを探る必要がありますね」

「ええ。その線こそが動機に直結していると思います」

有働さゆりのプロフィールに日坂議員や高濱幸見と重なる部分が見つかれば、それが突破口になる。横峰には確信めいたものがあった。ところが、直後に宮間は渋い顔を見せた。

「しかしですね、横峰さん。有働さゆりのプロフィールに関しては戸籍から犯罪歴、医療少年院の治療記録から婚姻歴に至るまで丸裸になっている。日坂浩一も同様です。国民党公認で立候補し、当選した時点で出生からの記録は全て公表されています。しかし二人の記録を照合しても交わるところは一つもなかった」

宮間の落胆がこちらにも伝わってくる。それでも横峰は、高濱幸見のデータを加えることで有働さゆりの抱く動機に近づけると信じたかった。そうでなければ、ただ巻き添えを食って殺されたバスの乗員と乗客に申し訳が立たない。

「いずれにしても長野県警さんとは合同捜査になりますね」

宮間の言う通りその日のうちに連絡があり、捜査本部には警視庁捜査一課の面々が合流してきた。

専従班の桐島というのは表情の起伏に乏しく、何を考えているかまるで分からない男だった。帳場が立つなり、桐島班は被害に遭った乗客・乗員二十九名について横峰たちが調べ上げたプロフィールを片っ端から浚《さら》い始めた。

警視庁捜査一課というのは刑事の中でも有能な人間が揃っていると聞いたことがある。なるほど彼らの動きは無駄がなく、資料の読み込みも遺漏なく進める。

班長の桐島は取り付く島もないが、一緒に出張ってきた捜査員たちは積極的に質問してきた。特に葛城という男は人懐っこく、初対面にも拘わらず旧来の友人のような顔で話し掛けてくる。

「すごいですね、横峰さん。被害に遭った二十九名はほとんどが首都圏内に在住しています。一人一人の住所地まで出かけてこんなに詳細に調べ上げたんですね」

「遺体引き取りに来られた遺族も多かったので、何とか交通警察隊だけで手が足りました」

途端に葛城の表情が曇ったのを見て、この警察官らしからぬ男もずいぶん遺体引き渡しに立ち会ったのだろうと想像する。

実際、遺体引き渡しの現場は相次いでやってきた遺族たちでごった返し、署内の至るところで愁嘆場が繰り広げられ、事情聴取では部屋が足らなくなった。遺族の悲嘆は元より、対応する捜査員たちもまた事件の理不尽さと犯人に対する憤怒で疲弊していた。この精神的苦痛は体験した者でなければ到底理解できない。

「……大変だったでしょうね」

「死者二十六名というのは、ちょっとした災害並みの数字ですからね。だからという訳じゃありませんが、早急に事件を解決しなければ我々も怒りのやり場に困ります」

不意に、キナ臭さとともに肉片の腐り始める臭いが甦《よみがえ》る。アスファルトの上に広がる地獄絵図。思い出す度に腹の底から嘔吐感と怒りが込み上げてくる。

葛城と話しているところに別の捜査員が割り込んできた。宮藤という長身の男で刑事にしておくにはもったいないほどの男っぷりだ。

「すみません、横峰さん。事故の生存者で辻倉佐和子という女性は、もう退院したんですか」

「いいえ。彼女は奇跡的に軽傷で済んだのですが精神的にまだ完調ではなく、最寄《もよ》りの病院でケアの最中です」

「肉体的に支障がなければ話を訊きに行くのは構いませんか。彼女に確認してほしいものがあります」

「主治医の許可が得られたなら……」

「得られたならじゃなく、半ば強引にでも得るんです」

宮藤は強い調子で言う。見掛けの押し出しが強いので、言葉だけで相当な威圧感がある。

「重傷者二名は未だに面会謝絶の状態で、まともに会話ができるのは辻倉佐和子さんだけだ。ならば彼女から聴取するべきでしょう。今は少しでも証言と証拠を掻き集めるのが、亡くなった旦那さんの供養になる」

いささかこじつけの感は否めないが、言っていることに間違いはない。捜査本部が警視庁と合同になった時点で、県警は精神的に従属の立場にある。横峰は事情聴取の必要を病院に伝えるべく、スマートフォンを取り出した。

「いくら体力的に問題がなくてもベッドに臥《ふ》せっている人間から無理に事情聴取するつもりなの

か」

　主治医の抗議を受け流し、何とか佐和子からの承諾を得ると、横峰は宮藤を伴って彼女の病室を訪れた。数日前に会ったばかりだが、さして顔色がよくなった訳ではなく、むしろ落ち込み方が深くなったように見える。

「無理を言って申し訳ありません」

「いえ……犯人逮捕に役立てるのなら何でもお手伝いします」

　横峰が露払いをすると、遠慮なく宮藤が前に出た。

「犯人と思しき女性について証言できるのは、現在あなただけです」

「でも刑事さん。その女の人は乗車した時からずっと鍔の広い帽子を被っていたので、顔は全然見えなかったんです」

「それでもいくつかの候補があれば選択くらいはできるでしょう」

　宮藤が佐和子の目の前に差し出したのは五枚の顔写真だった。その中の一枚は紛《まご》うことなく有働さゆりのものだ。

「この五人の中に、その帽子の女性はいますか」

　五人の中から無理に選ばせるのではなく、あくまでも該当者を指摘させる。決してこちらからは誘導しない。あくまでも証人の主観に任せる。

　しばらく佐和子は五枚の写真を見比べて困惑しているようだった。無理もない。鍔の広い帽子を被っていたのだから犯人は顔半分を隠していたことになる。人間の顔は下半分よりも上半分に特徴が集中している。サングラスをした顔よりもマスクを装着した顔の方が識別しやすいのはそのためだ。

五人の顔写真を眺めること数分、ようやく佐和子は一人の顔を指差した。

「多分、この人だったと思います」

「確かですか」

「唇が少し厚ぼったかったのを憶えています」

そう言ってから、佐和子は写真の上半分を手で隠して確認する。

「……うん。やっぱりそうだ。この写真に帽子を目深《まぶか》に被せたら、あの女の人になります」

佐和子の証言は法廷で採用されるには甚だ心許《こころもと》ない内容だったが、それでも犯人が有働さゆりであることの補完材料にはなる。

「しかし折角面会できたんですから、もう少し確信めいた証言が欲しかったですね」

本部へ帰りしな、横峰は慰めるように話し掛けた。だが宮藤はさほど気落ちした風もなく、慰めを払い除《の》ける。

「いや、あれはあれで収穫です。彼女が有働さゆり以外の写真を選択したら少し困った事態になりますから」

県警に戻った二人はそのまま捜査支援分析センター（ＳＳＢＣ）から送られたＤＡＩＳと呼ばれる画像分析システムの解析結果を聴取した。このＤＡＩＳなら、多少不鮮明な画像であっても容疑者特定に繋がる情報を抽出できる。

「宮藤さん」

横峰は分析結果を見ていた宮藤の背中に声を掛ける。

「犯人が有働さゆりだとしても、防犯カメラに映っている顔が帽子に隠れていては特定できません」

映像から容疑者らしき人物の顔を割り出したとしても、画像分析次第では誤認逮捕をしてしまう惧《おそ》れがある。そもそも顔を割り出しただけでは証拠不充分であり、たとえ逮捕できたとしても検察は起訴を渋るだろう。

だが宮藤には別の考えがあったらしい。

「辻倉佐和子さんに写真を見せたのは、帽子を被った女が有働さゆりである確証を得たかったからです。そして確証を得られたからには他の分析システムを応用することができる」

宮藤はセンターに連絡を入れ、分析官を捕まえると、開口一番、時空間データ横断プロファイリングは導入しているかと質問した。

藪《やぶ》から棒の問い掛けに分析官は面食らっていたが、すぐに『一応は』と答える。

聞き慣れない用語に横峰が説明を求めると、分析官は次のように答えてくれた。

『時空間データ横断プロファイリングというのは民間のＮＥＣが開発したシステムなのですが、防犯カメラに映った不審者の特定に応用可能なので、現在は試験的に導入しています』

人物の細かい行動ではなく動線の微視的な乱雑さ（動きの変化の度合い）を捉えることで、対象者の現れ方（行動パターン）を定量化して個々の違いを区別する――それがシステムの概要なのだと言う。

『更にこの定量化によって行動パターンを自動分類することで、大勢の中から他人と異なる行動をとっている人物を不審者として抽出するのが可能となります』

「概要は理解しました。ですが宮藤さん。このシステムを今回の事件にどう応用するというんですか」

「富士見インペリアルホテルの事件で、防犯カメラは有働さゆりの行動を逐一捉えていました。つまり有働さゆりの行動パターンは既に数値化できている。これを松代パーキングエリア内の防犯カメラの映像と照合すれば、たとえ帽子で顔を隠していても彼女がどこでどんな動きをしていたかを解明できる。上手《うま》くすれば現場から逃走する際にどのクルマを使用したかも判明するかもしれません。逃走用のクルマが判明すれば車種あるいはナンバープレートでNシステムを活用できるし所有者も判明する」

宮藤は警視庁捜査一課と連絡を取り、富士見インペリアルホテルで入手した映像データをセンターに送信してもらう。

以後はセンターの照合作業に委ねるしかない。松代パーキングエリアから押収した防犯カメラのデータを分類し、これに富士見インペリアルホテルで有働さゆりが残した行動パターンを組み合わせる。デジタルデータの恩恵で照合結果は一時間足らずで判明した。

『出ました』

分析官の声に顔を輝かせたのは宮藤だけではない。同じく待機していた横峰も思わず腰を浮かしかけた。

用意されたモニターに映し出されたのは問題の観光バスからショッピングコーナーに向かう帽子姿の女だった。

『時空間データはこの帽子の女の行動パターンが有働さゆりのそれと酷似していると認識しました。従って同一人物とまでは特定できませんが、有働さゆりらしき人物の行動として考えることは可能です』

当初から帽子姿の女を画像追跡するよりも、この女が有働さゆりである確証を得てから追跡する方が捜査としては着実だ。富士見インペリアルホテルの事件と関連があることも証明できる。宮藤が辻倉佐和子に事情聴取を敢行した理由をようやく納得した。更に顔認証ではなく行動パターンで認識するシステムなので、有働さゆりらしき女がパーキングエリアのどこかで着替えたとしても追尾を撒《ま》かれる惧れもない。

別のカメラで捉えた有働さゆりらしい女性の行動を時系列に並べ、一連の動画に繋げる。ショッピングコーナーに入った彼女はあまり躊躇《ちゅうちょ》する素振りも見せずにトイレに向かう。傍目《はため》からは乗車中から尿意を我慢していた者がトイレに直行したようにしか見えない。

ところが彼女がトイレから戻ってくる映像が存在しない。

「どうした」

宮藤の声に焦りが聞き取れる。

『この女性の映像はこれっきりです』

「馬鹿な。建物の中に入ったからには出てきた場面も撮られているはずでしょう」

『理屈はそうですが、実際これ以降の映像は存在しません。顔認証ではなく行動パターンで抽出しているので服を着替えたくらいでは誤魔化しもできないはずです』

「建物内だけではなく、他のカメラにも映っていないのですか」

『防犯カメラがパーキングエリア内全域を網羅している訳ではありません。死角も存在しています。しかし出入口は確実に撮影範囲ですよ』

「松代パーキングエリアの地図はありますか」

宮藤の求めで当該の地図が机の上に広げられる。松代パーキングエリアは上りと下りが隣接しており、ともに車両の出口は限られている。

『上りと下りのパーキングエリアには連絡階段通路があり、徒歩で行き来が可能です。問題の観光バスが停留したのは下りのパーキングエリアですが、もちろん上りのパーキングエリアや周辺に設置されている防犯カメラも全てチェックしています』

「しかし有働さゆりがパーキングエリアから脱出したのは明らかなんです」

宮藤はしばらく地図を睨んでいたが、やがて顔を上げると切羽詰まった顔をこちらに向けた。

「現場を、松代パーキングエリアを直接見たいのですが」

ならば交通警察隊の自分が随行するのが筋だろう。横峰は宮藤を助手席に乗せ、松代パーキングエリアに向かう。

下りのパーキングエリアに到着するや否や、宮藤は警察車両から飛び出した。はるか彼方に皆《みな》神山《かみやま》を望むパーキングエリアの庭園広場は人けがなく閑散としている。爆発現場はこの先のインターチェンジ付近だが、報道等で当該バスの最後の立ち寄り場所がこのパーキングエリアであるのは知れ渡っている。事件の悲惨さを知れば人けがないのも当然と言える。

宮藤はパーキングエリアの内周部を巡り始める。時折見上げているのは防犯カメラの位置を確認しているのだろう。横峰は案内がてら一緒について回る。

建物内に入り、トイレに向かおうとした宮藤は、窓の外の景色に目を留める。パーキングエリアの裏は急勾配の坂が国道403号線に続いている。

「パーキングエリアと国道は行き来できるんですね」

「ええ。上信越自動車道の利用者のみならず地元の人間にも来てもらおうという算段なんでしょう」

横峰が喋《しゃべ》り終わらぬうちに宮藤はトイレに向かい、すぐ引き返してきた。

「来てください、横峰さん」

こちらの手を引っ張りかねない勢いだった。宮藤が辿り着いたのはトイレの入口近くにある通用口で、内側から開くようになっていた。宮藤は通用口から外に出て周囲を指差す。

「この辺りは死角になっていて、出入りしても見つかりません。ここから国道に下りるのも容易です」

「有働さゆりは裏口から国道に逃走したというんですか」

「それ以外に考えられないじゃありませんか」

「申し訳ありませんが宮藤さん、それは有り得ない」

横峰は国道沿いに立つ一本の電柱を指差す。

「国道に抜けようとした通行者が不慮の事故に遭う可能性があります。まだまだドライブレコーダーの普及率が高くないので、こういう場所にも記録用のカメラが設置されています」

陰に隠れて見えにくくなっているが、電柱にも防犯カメラが設置されている。県警で分析した映像にはあの防犯カメラのものも当然含まれている。そもそも上信越自動車道は横峰たち高速道路交通警察隊の庭みたいなものだ。どこに防犯カメラが設置され、どこでNシステムが目を光らせているかは自分の身体のように把握している。

宮藤は一瞬だけ気まずそうな顔をしたが、すぐに身を翻して駐車場へと引き返していく。

だがその後数時間探索したものの、遂に有働さゆりがパーキングエリアから脱走した経路は分からずじまいだった。


「我々が握っているのはあくまでもデータであって物的証拠にはなり得ない」

県警本部に戻る車中、宮藤は誰に言うともなく呟いた。

「バスに爆弾を仕掛けたのが有働さゆりであることを何としても立証しなければならない。しかし肝心のバスは爆発炎上、パーキングエリアからは指紋一つ毛髪一本すら採取できていない」

宮藤の焦燥は捜査本部の焦燥でもある。物的証拠のほとんどが焼失してしまった現状では、少なくとも帽子姿の女が有働さゆりであると立証しておかなければ容疑者不詳のまま送検する羽目になる。

「宮藤さんたち桐島班は富士見インペリアルホテルの事件から、ずっと有働さゆりを追いかけているんですよね」

「ええ、それが何か」

「バス爆破も有働さゆりの犯行だとすると、動機はいったい何だと思いますか」

「八刑に入っていた女ですからね。果たして常人に理解できる動機なのかどうか」

「宮藤さん、本当にそう考えているんですか」

重ねて問われると、宮藤の声が一段低くなった。

「……常人に理解できなくても、相応の理由はありますよ。そうでなかったら標的に番号札を持たせる意味がない」

やはり同じことを考えていたのか。

「単に大量殺人をしでかすだけなら、あんな小細工は必要ない。富士見インペリアルホテルの事件ではただの紙切れでしたが、今回の事件では真鍮製の金属片にわざわざ同じ書体の数字を刻印している。作業に費やす手間暇を考えると、意味のない行動とはとても思えない」

宮藤の口ぶりから察するに、捜査本部の大勢はそれと異なる意見らしい。

「医療刑務所に入っていたからといって、有働さゆりが四六時中錯乱していたという訳じゃない。

看護師を襲撃し、その制服を奪った上で堂々と正門から逃走している。計算ずくですよ。普通の人間よりは、よっぽど頭が切れる。そして何より、彼女がどんなタイミングで殺人鬼になるのか、鑑定医も判断できなかった」

「時限爆弾みたいなものですか」

「見かけがほんわかとしているから、さしずめ時限爆弾の入ったぬいぐるみでしょうね。しかし爆発力はとんでもない威力ときている」

宮藤の表情は焦燥に彩られたままだった。


県警本部に戻ると、宮藤は桐島に呼ばれて飛んでいった。まるで手足のように使われているのを見れば、桐島が宮藤を甚《いた》く重宝しているのが分かる。

「なんやかんやいっても、あの人は班長の懐刀なんですよ」

走り去っていく宮藤の背中を見送りながら宮間がこぼした。

「捜査のねちっこさは警視庁でも一、二を争うんじゃないでしょうか」

「粘り強さは、さっきパーキングエリアでとくと拝見しました。あの熱意は見習いたいものです」

「バス爆破の事件がウチで扱っている事件と関連ありと聞いた時、宮藤さんは本気で憤っていましたからね。犯人が正常な精神状態にあるかどうかなんて関係ない。いったい何人、無関係の人間を殺すんだって」

「実際、無関係なんでしょうか」

横峰は宮藤に放ったのと同じ質問を宮間にぶつけてみる。

「さっきも宮藤さんと話したんですが、犯人と思われる有働さゆりはどうして日坂議員と高濱幸見を標的にしたんでしょうね。八刑に入っていたからまともな動機は考えるだけ無駄という意見もありますが、それにしては犯行が計画的だし、金属製の番号札なんて手間暇もかけている。異常者というよりは用意周到なシリアルキラーのような印象が強いです」

宮間はしばらく言葉を選ぶように考え込んでいたが、やがてゆっくりと口を開いた。

「そのちぐはぐさはわたしも感じています。奸智《かんち》に長《た》けているが殺人衝動を抑えられない……実際にそんな人間がいたら脅威です。だからこそ、どうして被害者に番号札を持たせたか、どういう基準で被害者を選んだのかが、とても気になります。しかし、捜査本部が総力を挙げても、未だに日坂議員と高濱幸見を繋ぐ線は見つかっていません。日坂議員のブログに高濱幸見のインスタグラム、双方の履歴やコメントを浚ってみても、二人が交わった記録はただの一つもありません。出自から学歴、職歴に交友関係に至るまで、思いつく限りの接点を探っていますが結果は捗々しくありません。それならばと今度は有働さゆりと二人の関係性を探ってみましたが、これも上手くいかない。有働さゆりの生活拠点は二人のそれから大きく外れ、しかも彼女が医療少年院出身で且つピアノ講師を務めていた経歴が異質過ぎるんです。日坂議員も高濱幸見も、ともに補導歴はなくピアノが趣味だったこともない」

宮間の言葉は次第に悲愴《ひそう》感を帯びてくる。

「富士見インペリアルホテルの事件といい今回といい、巻き添えを食った被害者は五十人近いというのに捜査本部は有働さゆりの動機すら理解できないでいる。申し訳ないやら情けないやらで、遺族に顔向けもできません。今回、宮藤さんが焦り気味なのは、一つにそういう事情があるからです」

焦燥の理由は説明されるまでもない。日坂議員の〈1〉、高濱幸見の〈2〉。二つの番号札はこの後も事件が続くことを示唆しているのだ。

「物的証拠はともかく、せめて動機だけでも見当がつけば次に起きる事件を未然に防げるかもしれません」

「……動機に関しては、一つ気になっている可能性があるんです」

「言ってみてください」

「これは桐島班長以外の上司から言われたんですけどね。目的のためには手段を選ばないという言葉があるじゃないですか。今回の事件は、それが逆になってやしないかっていうんですよ。つまり手段のためには目的を選ばない。最初に大量殺人という手段ありきで、目的は復讐でも政治批判でも何でも構わない」

「正気の沙汰じゃない。それじゃあ目的のないテロみたいなものじゃないですか」

「ええ、正気の沙汰じゃありません。だからこそ有働さゆりの抱く動機と仮定すると、しっくりくるんです」

ふと会話が途切れる。

横峰は反論したくても、それだけの材料を持ち合わせていない。だが目的のないテロなど心底全否定したい。

今までに何千何百百人という容疑者・犯罪者を相手にしてきた。諦めの早い者もいれば執念深い者もいた。お人好《ひとよ》しもいれば冷酷な者もいた。

だが得体の知れない相手は今回が初めてだった。

下りてきた沈黙は昏《くら》く、重い。有働さゆりが自分と同じヒト科の生き物であることに強い拒絶感がある。

やがて沈黙を怖《おそ》れるように宮間が口を開く。

「鑑取りにしても動機探しにしても、容疑者がわたしたちと同じ感覚を有しているのが大前提です。まるで異質な感情の持ち主を相手に従来の捜査手法がどこまで通用するのか。考えまいとするのですが不安はなかなか拭えません」

不安が拭えないのは横峰も同じだった。

4

「長らくのご乗車ありがとうございます。バスは松代パーキングエリアに到着しました。現在時刻は十時四十分。発車時刻は十一時五分ちょうどになっています。ご休憩・トイレに行かれるのは自由ですが、必ず十一時五分までにお戻りください。発車時刻を過ぎてもお戻りにならなければ、他のお客様の都合もあるのでバスは時刻通りに発車致します。くれぐれもお遅れのないようお願い致します」

バスガイドの注意を聞いてか聞かずか、乗客たちは我先にとバスを降りていく。

バスガイドは下半身が落ち着かない様子だ。乗車時から観察していたので分かる。彼女はまだ一度もトイレに行っていない。発車から既に三時間半、そろそろ我慢できなくなったらしく、彼女も乗客に次いで降車する。

有働さゆりは運転席の真後ろに置いたバッグを一瞥すると、無言で皆に続いた。バスガイドとの距離を一定に保ち、決して後を尾行《つけ》ていると気取《けど》られないようにする。

バスガイドは皆と同様、ショッピングコーナーへと足を踏み入れた。行き先がトイレであるのは分かっているので、さゆりはわざと歩を緩め、商品をちらちら見ながらトイレに近づいていく。トイレの入口付近には駐車場に続く出口と裏手への通用口が見える。さゆり自身、このパーキングエリアを訪れるのは初めてだったが、事前に画像つきで説明されたので、これは確認作業に近い。

トイレの洗面台で待っていると、個室からバスガイドが出てきた。

「あの」

さゆりは俯《うつむ》き加減で話し掛ける。

「さっき、バスの中で落としものを見つけて」

差し出したのは真鍮製の金属プレートだった。

「誰か他のお客さんのものだと思います」

「ご親切にどうも」

プレートを受け取ったバスガイドは不思議そうに表裏を眺める。

「バックル……じゃないですよね。何でしょう、この〈2〉という数字」

さゆりは何も言わずにいた。こちらから何も言わなければ勝手に想像して、勝手に判断してくれる。

「確かにお預りします」

バスガイドはそれ以上追及することなく、金属プレートを自分のバッグの中に収める。

バスガイドがトイレを出ていくと、さゆりは個室に入って帽子を脱ぐ。発車前から四時間も被りっぱなしだったため、頭がすっかり蒸れている。車内空調が適温で汗を掻かなかったのは幸いだった。

化粧が崩れていないのを確認し、更に待機する。

午前十一時五分。いよいよバスの発車時刻が訪れた。さゆりはトイレから出ると左手の通用口からいったん外に出る。見下ろせば国道が一望できるが、この場所は防犯カメラの死角に入っていてさゆりの姿が捕捉されることはない。

国道にはクルマが行き交っている。このままヒッチハイクをして現場から逃げ去る手もあるが、国道まで下りると電柱に設置された防犯カメラに捉えられる。そもそも目撃者を増やすのは後々トラブルの原因になる。

その時、建物の中からバスガイドの声がした。

「姫野さあん」

自分の名前を連呼している。腕時計を見れば十一時十五分、予想通り自分を探している様子だ。

「姫野さあん。もう発車時刻ですう」

しばらくその場に佇《たたず》み、眼下の風景を楽しむ。インターチェンジ付近はどこも殺風景で田舎《いなか》の雰囲気が漂う。さゆりはそうした風景が決して嫌いではない。昨日と変わらぬ今日、今日と変わらぬ明日。どこか牧歌的な風景を眺めていると不思議と心が安らぐ。

やがてバスガイドの声が途絶えた。

十一時三十分。通用口から建物内に戻り、駐車場に面した出口に向かう。

計画通り、防犯カメラを遮る格好で中型トラックが停まっている。車体に貼られたロゴで宅配業者のものと分かる。

ショッピングコーナーでは宅配サービスも扱っており、各パーキングエリアを巡回することになっている。観光シーズンでなければ巡回にかかる時間は変わらず、各パーキングエリアに到着するのはほぼ定刻になる。

荷物の搬入作業の真っ最中で、後部の扉は開きっぱなしになっている。これも事前の情報通りだ。トラックが視界を遮る位置で停まっているので、この場所での行動は防犯カメラに捕捉されない。

さゆりは後部から荷台に侵入する。中は温度と湿度を一定にしているためか、ひんやりとして乾いている。奥の方に進むと、ちょうど身体を隠せるスペースが残っていた。身体を隙間に捻《ね》じ込み、他の荷物を前に置くと完全に隠れた。

しばらく待っていると新たに荷物が運び込まれ、扉が閉められた。エンジンが目覚め、トラックは動き出した。

トラックの経路は把握している。国道403号線側から松代パーキングエリアの下りと上りに移動し、ここで荷物を搬入する。そして今度は同じ国道を上り、上信越道屋代、千曲川さかきパーキングエリアと辿っていく。

トラックが停止する。上りの松代パーキングエリアに到着した模様で、扉の開く音と荷物の運び込まれる音がした。

さゆりは暗がりの中、スマートフォンを取り出す。液晶画面に浮かび上がった時刻は十一時四十八分を告げていた。

予定時刻だ。

さゆりはTeamViewerの画面を呼び出す。アプリには不案内なさゆりだが教えられている操作はこの上なく簡単だ。

表示されたONボタンをタップする。

何の振動も音もない。

だがバスに置き去りにしたバッグの中では起爆装置に直結したデバイスが作動しているはずだ

った。起爆装置は軽質ナフサに着火し、たちまちバッグは中身の燃料を飛散させながら炎上する。おそらく運転席とその周辺はひとたまりもないだろう。

可能であればその光景を至近距離で眺めてみたいと思ったが、残念ながら叶《かな》わない。安全地帯からリモートで爆発させるのが、今回の計画の骨子だった。

搬入を終えたトラックが動き出す。国道に出たらしく、ドライバーがラジオを流し始めた。

『……という訳で、今日六月二十日はペパーミントの日なんですよね。わたしはさっきペパーミントを載せたアイスクリームなぞをいただいちゃいましたけど、リスナーの皆さんはどんなメニューでペパーミントを楽しむのでしょうか。ここで交通情報です。日本道路交通情報センターの池上《いけがみ》さあん』

『はい、こちら交通情報センターの池上です。現在、上信越道長野インターチェンジ付近で車両事故が発生しています。上りは順調ですが、下りは交通規制が入っています。え……本当に？……失礼しました。たった今入った情報です。長野インターチェンジ付近の下りでバスが爆発炎上している模様です』

どうやらリモート爆破は成功したらしい。しかし爆発炎上の場面をこの目で確認していないため、達成感はほとんどない。きっと遠隔地からミサイルを発射する兵士もこんな気分に違いない。

トラックは何事もなく運行し、やがてスピードを緩めると停車した。予定では千曲川さかきパーキングエリアに到着したはずだ。

扉が開き、搬入作業が始まる。人の気配が途絶えたところで荷物を押し退《の》け、荷台から外へ出る。途端に熱風かと思えるほどの空気が身体を包み込んだ。

ふうっ。

ひと息吐いてから帽子をまた被る。駐車場を闊歩《かっぽ》していくと、指定された場所に指定された色のワゴン車が停まっていた。

さゆりは何の躊躇もなく助手席のドアを開く。

「お疲れ様」

運転席の美智留が軽やかに声を掛けてきた。さゆりを迎え入れ、ワゴン車を発車させる。

「首尾とか聞かないの」

「ついさっきニュースでやってた。第一、何かトラブっていたら、あなたの方から言い出すでしょ」

美智留はカーラジオをつける。ニュースを聴いていたというのは本当らしく、スイッチを入れた途端に続報が流れてきた。

『爆発炎上したのは大型観光バスで、乗員乗客数は不明。多数の死傷者が出ている模様ですが、現在は救護活動の最中で詳細は不明です。目下長野県警高速道路交通警察隊と消防署が現場処理に当たっており、下り線は十キロ程度の渋滞になっています』

「爆発炎上した直後、バスは防音壁で真っ二つになり、乗員乗客はそのまま道路上に投げ出されている。普通に考えれば軽傷で済むのも奇跡でしょうね」

美智留の声は歌っている。惨劇を愉しむ顔は屈託がなく、まるで賑《にぎ》やかなパレードを見ているように輝いている。

「何だか愉しそう」

「あなたは愉しくないの」

「現場を見ていないから、あんまり」

「視覚で得られる情報より、耳で聞いたことを想像した方がずっと面白いのに」

「面白いのはバスが爆発した瞬間なの。それとも乗っていた人の身体が千切れたり吹き飛ばされたりする瞬間？」

「甲乙つけがたいわねえ」

これ以上ニュースを流していても新たな情報は得られないと判断したのか、美智留は音楽番組に周波数を変える。聞こえてきたのはCHAGE&ASKAの〈SAY YES〉だった。さゆりが好きなのはピアノ曲だが、こうした懐かしのヒット曲も悪くない。

お馴染みのフレーズが流れ出すと、美智留の頬がわずかに緩んだ。

「ひょっとして好きな曲？」

「ううん。知り合いが好きな曲だったのを思い出しただけ」

「過去形ね」

「その子、死んじゃったから」

美智留は口元を綻ばせたまま、「その子」の話をしようとはしない。

分かっている。美智留が他人の話をしようとしない時は、大抵その人物は彼女自身の手で非業の最期を遂げている。

「もう一つ訊いていいかな」

「何」

「美智留さん、あのバスガイドさんにどんな恨みがあったの」

美智留の指示はいつも素っ気なく、要点のみを簡潔に説明する。目的も動機も一切語られず、するべき行動が語られるだけだ。

返事を待っていると、やがてひと言だけ返ってきた。

「そのうちね」

三　大塚久博

1

七月後半になると市内は連日の猛暑日を記録し、夜になっても日中の余熱が街中に蔓延《まんえん》していた。立っているだけでもシャツの下から汗が滲《にじ》み出てくる。

大塚久博《おおつかひさひろ》は慣れない道をひたすら歩く。走り出したい気持ちを抑えて、ゆっくりと歩く。歩く速度の平均は時速四キロという、どうでもいいことを不意に思い出した。今の住まいに決める際、不動産仲介会社の社員が教えてくれた雑学だから嘘ではないのだろう。現在の時刻は午後十一時半、通勤帰りのサラリーマンや学生たちがまだわずかに行き来している。とにかく不審がられてはいけない。自分の姿を強く印象づけてもいけない。クルマを使えば問題ないが、レンタカーでは証拠が残る。結局は徒歩で目的地に向かうしかなかった。

しばらく歩いて目的の中学校に到着した。

校舎の中は真っ暗で非常灯の明かりさえ見えない。大塚は裏門に回ると念のために周囲を見回し、人影がないのを確かめてから柵を乗り越えた。自分の背丈より高かったが、金網を伝って上れば造作もない。

敷地内に飛び降りた大塚は裏口へと進む。所謂《いわゆる》、出入業者用の通用口だろうがセキュリティーはさほど厳しくない。ノブを回してみるとわずかに軋《きし》んだ音を立ててドアが開く。

大塚は裏口から校内に侵入すると、持参した下ろしたての上履きに履き替えた。律儀という訳ではなく、土足で物的証拠を残したくないだけの話だ。

無人の校内に忍び込むのは、これが初めてではない。だから緊張感はあるが罪悪感はあまりない。窃盗や破壊が目的でないのも罪悪感のない理由の一つだった。

ひと昔前は小中学校には宿直が置かれていた。深夜警備と緊急時の連絡先として機能していたのだが、教員の労働問題が俎上《そじょう》に載せられてからは相次いで廃止となった。今でも地方には当直制度が存続しているところもあるが、これは雇用政策の一環に過ぎない。何にせよ、深夜の校舎に人がいないのは大塚にとって好都合だった。

ただし人がいないからといって油断はならない。宿直が廃止される代わりに各都道府県の教育委員会は警備会社との委託契約を勧奨し、今ではほとんどの学校には巡回か機械警備が敷かれている。防犯カメラやセンサーに捕捉されるような愚は避けたいところだ。職業柄、校内のどこに防犯機器が設置されているかはおよそ察しがつく。試しに大塚がここぞと思う場所に視線を走らせると、そこには大抵赤外線の目が光っていた。

動悸《どうき》が激しくなるのに呼吸は逆に浅くなる。

依然として緊張感が持続している。

いや、違う。

これは緊張感というより、昂揚感《こうようかん》に近いものだ。ひと足進む毎《ごと》に全身の筋肉が張り詰め、血がゆっくりと沸騰するような昏い愉悦が巡りくる。罪悪感ではなく、違法な行為をしている背徳感が背筋から広がっていく。普段は堅い職業に就いている反動なのか、大塚の身体はこうした刺激をひどく心地よく感じる。ひょっとしたら自分は元々犯罪性向の強い人間なのかもしれない。いや、犯罪性向どころではない。実際に大塚は犯罪を繰り返している。もちろん自分では誰にも迷惑をかけないつもりだったが、周囲が容認してくれなかったのだ。

断じてあれは犯罪行為ではない――大塚はいつも自分にそう言い聞かせてきたが、一方ではスリルと精神的充足を味わっていたので自己弁護と思われても仕方のない部分がある。それで構わないと思う。所詮、自分の価値観や性癖を世間に認めてもらおうなどとは考えていない。

職員室の位置も容易に察しがついた。どこの学校も似たようなもので正面玄関の近くで日当たりのいい場所には大体職員室がある。果たして廊下を進んでいくと、〈職員室〉のプレートを掲げた部屋に行き着いた。

大塚は息を殺してドアの取っ手に指を当てた。

*

秋川第一中学校の校舎から火の手が上がっていると報せが入ったのは、七月二十八日午前一時十五分のことだった。通報を受けた秋川消防署秋留台出張所が出動したものの現場は古くからの住宅地であり、四メートル幅道路の両側に違法駐車があったために消防車両は迂回《うかい》を余儀なくされた。結局現場に到着したのは通報を受けた四十分後となり、一階部分では炎が窓を突き破っていた。

陣頭指揮を執っていた隊長の判断で近接の消防団からも援軍が到着し合同で消火活動に当たったところ、四時間後にようやく鎮火した。しかし四階建て校舎の一階部分はほぼ全焼、二階部分も半焼という有様だった。

不幸中の幸いだったのは校舎が無人らしいことだ。ちょうど中学が夏季休暇中ということも手伝い、教職員や生徒が泊まりがけで来ていることもない。失ったのが物的被害だけなら損害は最小限と言える。

鎮火した頃にはすっかり明るくなっていたので早速調査が開始された。焼け焦げた臭気と消火剤の臭いが充満する中、火災原因調査員をはじめとした数人の消防署員はほぼ完全に焼け落ちた職員室に足を踏み入れた。校舎は軽量鉄骨造りであるため、一階部分が全焼したとしても直ちに全体が崩壊するものではない。しかし二次被害に遭わぬようにするため、現場調査は慎重の上にも慎重を期して行われた。

職員室に入った火災原因調査員は直ちにそこが火元であると確信したという。他の場所と比較しても明らかに火の回りが早く、しかも嗅ぎ慣れた燃焼臭以外にもいがらっぽい臭いがする。おそらく可燃剤の一種だろう。もしそうと確定すれば放火の可能性が高くなる。

火災原因調査員たちがその焼死体を発見したのは調査開始から十五分後のことだ。死体の炭化が進んでいたために、すぐには人間と認識できなかったのだ。

人的被害の虚《むな》しさは物的被害のそれとは比べるべくもない。死者が出たと判明した途端、現場の空気は重苦しいものに一変する。問い合わせた学校側は泊まりがけの人間はいないと説明していたが、どうやら情報が錯綜《さくそう》しているようだ。

着衣も完全に焼失しており、外見からでは年齢どころか性別さえ判別不能の状態だった。四肢が内側に屈曲しているのは焼死体特有の形状だが、握り締めた右拳から何かが覗《のぞ》いているのを隊員の一人が見つけた。

いったい何を握っているのか。本人特定の手掛かりになるかと拳を開いたところ、中身がからんと音を立てて落ちた。ベルトのバックルのような形状をしており、金属製で燃え残ったものと思われる。

バックルの中央には〈3〉の数字が刻印されていた。

遅れてやってきた五日市署の警察官は、そのバックルを見るなり低く呻いた。

所轄から事の次第が伝えられると、有働さゆりの関わる事件を追っていた捜査本部は俄に色めき立った。

「今度は放火殺人か」

桐島は憮然《ぶぜん》とした表情で呟く。先に発生した二つの事件を解決しないまま第三の事件を引き起こされたのだ。陣頭指揮を執る桐島が神経を逆撫《さかな》でされるのはむしろ当然だろう。

穏やかでないのは宮間も同じだった。犯人が有働さゆりだと判明しているにも拘わらず、その行方は今もって杳として知れない。そうした中での放火事件だ。まるで捜査本部が有働さゆりに嘲笑われているようで腹立たしくなる。

出火原因については出動した秋川消防署から報告が上がっている。火元は職員室であり、数ケ所に爆破の痕跡が認められる。爆発は建造物の破壊とともに燃焼剤の飛散にも一役買っており、一階部分の火の回りが異常に早かったのは、燃焼剤の飛散によるところが大きいとの見方だ。燃焼剤に使用されたのが軽質ナフサらしいとの報告に、桐島は一層表情を強張らせる。軽質ナフサは先の大型バス爆破事件で使用された可燃物質だ。

「遠隔操作の爆弾による放火だったというのか」

「起爆装置その他の部品につきましてはまだ現場から発見されていません。ただし、使用された軽質ナフサの成分は先の大型バス爆破事件の際に採取されたものと同質とのことです」

科捜研からの報告を伝える宮間も怒りで自制心が危うくなる。同じ軽質ナフサでも不純物の混合具合で成分は微妙に異なる。科捜研が二つの試料を分析して同質と結論づけたのであれば、この放火事件もまた有働さゆりの犯行とみて間違いなかった。

「焼死体の握っていた金属片も、先の大型バス爆破事件で高濱幸見のバッグに紛れ込んでいた金属片と同質でした。材質も形状も同一であり、同じ型の金属加工機で製造されたもののようです」

真鍮製であったために前回同様燃え残っている。明らかに故意に残したものであり、これも捜査本部に対する挑戦としか思えない。

「焼死体の素性は」

「それが……何しろ着衣は丸焼け、体表面はほぼ炭化しており、人相は全く分かりません。焼けた着衣からは身分証明書の残骸すら見つかっていませんし、指紋照合しようにも十指とも炭化していては……」

焼死体は医大の法医学教室に搬送され、今頃は司法解剖に付されているはずだった。体表面からは本人特定に繋がるものは何も得られていないので、この上は解剖結果に縋《すが》るより他にない。

「しかし死体は学校関係者の誰かには違いあるまい。現に裏口のドアは開錠されていた」

「ところが夜が明けてから、学校側は教職員全員と連絡を取り、全員が無事であることを確認したんです。生徒たちも同様で誰一人欠けた者はいません。焼死体は学校関係者以外の何者かです」

「校内には防犯カメラも設置されていたはずだ。出火以前に犠牲者は映っていないのか」

桐島から質問が飛ぶ度に、芳しい報告ができない宮間は萎縮する。

「職員室の隣にあった準備室には創立以来の校史や卒業生名簿といった記録全てが保管されていたのですが、防犯カメラの記録レコーダーもそこに置かれていました。準備室も類焼を免れず、記録レコーダーも再生できない状態です」

「内蔵されたハードディスクは復元できないのか」

「破損したレコーダーは科捜研が復元作業の真っ最中で、まだ報告はもらっていません」

「死体の主が学校関係者でないのなら不法侵入したのだろう。校外の防犯カメラには映っていないのか。近隣住民で不審者を目撃した者はいないのか」

「所轄の捜査員とともに地取りをしていますが出火時が未明という事情もあり……」

「分かった。もういい」

とうとう桐島は説明を切り上げさせる。いずれにしても捜査会議まではまだ間がある。それまでに報告できる内容を掻き集めるつもりなのだろう。

「それにしても解せないな」

桐島の横で報告を聞いていた宮藤は不服そうに唇を曲げる。

「例の番号札を持っていたということは、焼け死んだのは有働さゆりの標的だったということだ。だが、どうしてその標的が校内に忍び込まなきゃならないんだ。夏休み中の中学校に金目のものなんて何も置いていないはずだが」

宮藤の指摘はもっともであり、夏季休暇期間は防犯のため事務室にある現金は最寄りの銀行に預けられている。学校専門の空き巣狙いなら先刻承知のはずだった。

「もし本当に空き巣狙いで前科でもあるのなら指紋照合は簡単なんだが、肝心の指が消し炭になっていたんじゃ話にならない」

焼死体で発見されたのはいったい誰なのか。被害者が特定されない限り捜査の進捗が見込めないのは、捜査員全員の総意でもある。今は科捜研と法医学教室の報告を待つより他になく、自分たちの不甲斐《ふがい》なさに宮間もやりきれなくなる。

「ただ、今回の事件が日坂議員の事件と地続きであることだけは丸分かりだ。秋川第一中学は日坂議員の母校で、富士見インペリアルホテルでの宴会はその同窓会だった。焼け死んだヤツは日坂議員の知り合いである可能性が高い」

するとと今まで宮間の隣で皆の話を聞いていた葛城が反応した。

「でも宮藤さん。日坂議員の同級生のほとんどはあの事件で亡くなっています。生き残った数人も全員連絡が取れているんですよ」

「同級生とは限定していない。だが何かしらの関連はあるはずだ」


翌日の午前九時に捜査会議が開かれたものの、結果は宮間が予想した通り散々な結果に終わった。校舎への放火が先の二つの事件と関連することは見当がつくものの、焼死体の素性が不明なままでは捜査が進まない。雛壇の村瀬や津村は一様に渋い顔を並べていた。

突破口となり得る情報がもたらされたのは会議終了直後だった。

「新事実が二つ判明しました」

報告を入れたのは葛城だった。生来が隠し事のできない性格で、桐島の反応を確かめる前から表情を輝かせている。

「言え」

「まず法医学教室から剖検が届きました。詳細は追って説明しますが、最重要なのは死体が他殺であったことです」

「殺害された後に焼かれたんだな」

「解剖すると肺からは煤煙《ばいえん》が検出されなかったようです。また心臓には深い創口が認められました」

つまり胸を刺されたのが直接の死因という訳だ。

「校内に放火したのが被害者か有働さゆりかは後に回すとして、殺害されたのなら番号札を握っていた理由も合点がいく。もう一つの新事実とは何だ」

「被害者の身元が割れました」

「何だと」

その場にいた桐島班の面々が一斉に腰を浮かしかける。

「これも司法解剖の賜物《たまもの》です。焼死体から採取されたサンプルのＤＮＡ型が前科者データベースにヒットしました。被害者は大塚久博、四十二歳。現在、足立《あだち》区の小学校で教員を務めています」

「待て。データベースは顔写真と指紋までは洩れなく網羅してあるはずだが、ＤＮＡ型までは記録されていない。登録されているとしてもまだまだ一部に留まる」

逮捕や取り調べをした容疑者から指紋を採取するのは決まり事だが、一方ＤＮＡについては本人の同意を必要としている。データベースに登録されているサンプル数も数十万件のペースで増えつづけている。

「大塚久博の場合は同意を必要としませんでした。大塚は五年前、水戸《みと》市の小学校に在任中、強制わいせつの罪で逮捕、送検されています」

「いったい何をやらかした」

「担任クラスの女児を裸にした上、その画像を保存していたんですよ」

葛城の口調は一転して苦々しいものに変わる。いかに被害者とはいえ、犯した罪は容易《たやす》く許されるものではない。教育者であれば猶更《なおさら》だ。

強制わいせつでは、十三歳以上の者に対し、暴行又は脅迫を用いてわいせつな行為をした者は、六カ月以上十年以下の懲役。十三歳未満の者に対する行為もこれと同様としている（刑法第一七六条）。

「初犯ということもあり一審では懲役三年執行猶予五年の判決が下されています。逮捕直後、大塚は水戸市教育委員会から懲戒免職処分を受けていますが、その三年後に東京都の教員採用試験に合格して現在の小学校に赴任しました」

宮間は形容しがたい憤りを覚える。教員がわいせつ行為などで教育委員会から処分を受けて教員免許を失効しても、現在の制度では三年経過すれば再取得できる。二〇二一年二月からは懲戒免職されて教員免許が失効した教員の処分歴を過去四十年分に遡って閲覧できる運びとなっているが、一部の教育委員会では処分者を官報に公告していない例も散見され、ザル法と揶揄《やゆ》する者もいる。

「被害者の素性が明らかになったのはいい。しかしそうなると別の問題が出てくる。どうして足立区の小学校に勤務する大塚があきる野の中学校に忍び込んだ。またぞろ性癖が出て、夏季休暇中の学校に侵入して盗撮の下準備でもしていたのか。第一、大塚はどうやって裏口のドアを開錠したんだ」

小学生女児相手にわいせつ行為を働いた性犯罪者が、その対象年齢を変更する可能性は低いように思うが、宮間は敢《あ》えて口にしなかった。

「とにかく大塚久博と日坂議員および高濱幸見の関係を追う。大塚の鑑取りを急げ」

桐島の命を受けて宮間が五日市署の捜査員と向かったのは、足立区千住河原町《せんじゅかわらちょう》にある区立小学校だった。応対に呼び出された教頭に大塚の死と前科を告げたところ、彼は仰《の》け反《ぞ》るように驚いた。

「まさか、あの大塚先生が」

まさに青天の霹靂《へきれき》といった驚きようだったが、どこまでが本気か分かったものではない。この後、校長や教育委員会、加えて在校生や保護者への報告・説明が控えているとなれば驚いてばかりもいられないだろうと、宮間は意地の悪いことを考える。

「被害者が過去に犯した行状はともかく、この学校での評判はいかがでしたか」

紋切り型の質問だと思ったが、返ってきたのもやはり紋切り型だった。

「生徒に好かれ、保護者からの信頼も厚い先生でした」

事なかれ主義に染まった証言など聞く価値がない。真意を暴く目的で、宮間は際どい質問を試す。

「生徒に好かれ、保護者からの信頼も厚い先生が、どうして殺害された挙句に焼かれたのか理解に苦しみますね。ひょっとしたらこの学校でもトラブルを起こしていたんじゃないですか」

「トラブルだなんて、そんな」

とかく学校という組織は内部のトラブルやスキャンダルを殊の外嫌う。校内イジメの隠蔽がいい例だ。教頭の狼狽《ろうばい》ぶりを見ていると、疑いたくなくとも疑ってしまう。

「では質問の仕方を変えます。大塚さんは何かのトラブルに巻き込まれてはいませんでしたか。あるいは彼を憎んだり恨んだりする者の心当たりはありませんか」

教頭は首が捥《も》げそうな勢いで否定する。

「当校に限って断じて、断じてそのようなことはありません。少なくともわたしの知る限りは」

最後のひと言こそが不用意に出た本音だろう。大塚にトラブルやスキャンダルがあったにしても、それは自分の関知しないものだ——予め退路を用意する姿勢がいじましくてならない。

「本人の交友関係についてですが、知人に政治家がいるとかの話はしませんでしたか」

「政治家、ですか。いや、そんな話は聞いたことがありません」

念のために同僚教員の証言も集めておきたかったが夏季休暇中ですぐには全員を招集できないと言う。

「大塚先生の死亡が新聞で報道されれば保護者への説明会が開かれることになるでしょうから、その際に改めて来ていただけませんでしょうか」

いかに捜査であっても事情聴取が任意である限り、こちらから無理は言えない。事件性の大きさから説明会も早急に開かれるに違いない。ここは応諾して学校側に恩を売っておくのも一手だろう。

宮間たちはひとまず礼を告げて退去した。だが翌日行われた説明会に出向いて同僚教師たちから話を聴取したものの、教頭から聞いた証言以上に得るものは何もなかった。また大塚と秋川第一中学との関わりについても問い質してみたが、校外活動その他を含めても関連を知る者は誰もいなかった。

桐島班の別働隊は大塚の実家がある水戸に赴き、存命の母親から話を聞いてきた。息子の死に驚き悲しむ母親を宥めて訊き出したが、やはり日坂議員や高濱幸見との接点はあずかり知らないとの返答だった。

「水戸の小学校で起こした不祥事については母親からも散々責められて、本人もひどく反省していたようです。もっとも母親というのは息子に甘いものだから全面的に信用する訳にもいかないんですが」

警察官に限らず性犯罪者、殊に小児性愛の犯罪者には当たりが厳しい。それは宮間も例外ではないが、再就職を遂げた大塚が以降は何のトラブルも起こしていない事実に鑑みれば、母親の証言も嘘と断じることはできなかった。

また他の別働隊は大塚の自宅アパートを家宅捜索していた。担当している授業に関わる文書以外にはこれといって目を引くような私物は見当たらなかったと、これも結果は捗々しくなかった。

見当たらないと言えば一点、重要な事実が浮かんだ。自室からは本人の携帯端末が発見できなかったのだ。携帯端末は大塚の死体にも火災現場にもなかったので、これは犯人が持ち逃げしたと解釈するのが妥当だろう。

「三人とも共通項がまるでない」

報告を受けた桐島は、いよいよ顔が険しくなる。犠牲者が増え、犯人と思しき人物も判明していながら距離を縮められない。素性の知れた犯人を野放しにしているような状態であり、見方によっては犯人不明の場合よりも責任を問われても仕方がない。

捜査本部の果たすべき使命は大きく二つある。一つは更なる犠牲者を増やさないこと、もう一つは有働さゆりの身柄を確保することだ。犠牲者たちを繋ぐ環《わ》を見つけられない限り、次の犯行を未然に防ぐ手立てはない。

「だが必ず犠牲者三人を結ぶものがあるはずだ。三つの事件は気紛れや無計画でできる犯罪じゃない。道具や前もって準備も必要だ。決して衝動的な犯行じゃない」

しばらく目を閉じて沈思黙考していた桐島は、やがて覚醒するかのように目蓋を開けた。

「逆方向から調べてみる」

そう言うと、背後のホワイトボードに貼られた有働さゆりの顔写真に視線を向けた。

「被害者側ではなく犯人側、つまり有働さゆりを知る人間から彼女の情報を訊き出す。思考方法や好み、交友関係。もちろん過去に作成された供述調書に記された内容以外をだ」

妙案だとは思ったが、逮捕時と精神鑑定時に有働さゆりのプロフィールとパーソナリティーは丸裸になっているはずだ。今更それ以外を知る者がいるのだろうか。

宮間が率直に質問すると、桐島は事もなげに答えた。

「少なくとも二人いる。最初に有働さゆりと対決した埼玉県警の刑事。そしてもう一人は有働さゆりの弁護人兼身元引受人となった御子柴《みこしば》弁護士だ」

2

翌日、宮間は単身埼玉県警を訪れた。かつて有働さゆりの事件を担当したのは古手川和也《こてがわかずや》という刑事で、伝え聞く噂によれば逮捕時には半死半生の目に遭ったらしい。なるほど命のやり取りをしたほどの間柄なら、彼女を誰よりも知っているとしても不思議はない。

「どうも、古手川っス」

古手川は不良がそのまま警察官になったような印象がある。負けん気が強く礼儀知らずだがスジだけは通したがる。狭い範囲の正義感を全うしようと奮闘する、およそ管理職には向かないタイプだが、宮間は嫌いではない。

「有働さゆりの件でわざわざ来られたんですよね。彼女の事件はこっちにも伝わってます」

古手川は宮間に向けて物憂げな表情を見せる。負けん気一本に見える男にはおよそ似つかわしくない顔だった。

「そりゃあ伝わるでしょう。元々あなたが挙げた犯人なんですから」

「それだけじゃなく、いちいち犯行が派手でしょう。ホテルで宴会の参加者全員に毒を盛るとか大型バスを爆破炎上させるとか、ほとんどテロリストの手口じゃないスか」

「しかし、ここ飯能市で起きた事件も大層派手だったと聞いています。稚拙な犯行声明文の通りに殺人を繰り返すとか鬼畜の所業のような人体破壊だとか、とてもじゃないが常人の考えられることじゃない」

「ええ、だから有働さゆりが精神を病んでいると知った時には納得もしたんですけどね」

逮捕後の起訴前鑑定で有働さゆりは解離性同一性障害と診断された。検察が起訴を見送った理由だが、これが有働さゆり脱走の遠因になったのだから皮肉な話だ。

「猟奇的な手口に理解不能な動機。自分で言うのも何ですけど、しばらく女性不信になりました。結構、痛手も負いましたし」

痛手を負ったのは精神的になのか、それとも肉体的になのか。気になったが敢えて口にしなかった。

「そんな刃傷沙汰《にんじょうざた》を繰り広げた相手なら、八刑から脱走したと聞いた時には、自分で追跡したいと思ったんじゃないですか」

「追いたいのは山々だったんですよ。八刑の事件だろうが警視庁の管轄だろうが、そんなもの関係なく。でも追えなかったです」

「他の事件で手一杯だったんですか」

「いえ、止められたんス」

古手川は人差し指を天井に向ける。

「直属の上司が何かとうるさくて……お前はこれ以上あの女に関わるなって、まるで性悪女に入れ揚げた若僧みたいな扱いっスよ」

言い得て妙だと思ったが、これも口にしなかった。

「富士見インペリアルホテルの事件で有働さゆりの名前が出た時にはさぞかし驚いたでしょうね」

「しばらく音沙汰がなかったから余計ですよ。ただ、その後に起きた大型バス爆破事件もそうでしたけど、どうも納得いかなくて」

「どこがどう納得できないんですか。防犯カメラの素材から3D画像を起こして有働さゆりの顔が一致したんですよ。現場にいたのは彼女に間違いないんです」

「いや、宮間さん。俺だって科捜研やDAISの解析能力を疑っている訳じゃないんです。現場に有働さゆりがいたのは事実でしょう。だけど大量毒殺も大型バス爆破も彼女には似合わないような気がするんです」

「似合わないって、そんな古手川さん」

「俺はボキャブラリーが貧困だからこんな言い回しになっちまうんですけどね。有働さゆりのスタイルは基本タイマンなんですよ。女だてらに相当な腕力があるせいか、彼女が人を殺す時は常に一対一、それも接近戦です。闇に乗じてというアドバンテージを行使するにしても、それは揺るがなかった」

「一対一でもなく接近戦でもない。だから有働さゆりの犯行じゃないと言うんですか」

「そこまでは言いません。ただ有働さゆりが関与しているのが事実なら、全体を計画したのは少なくとも彼女じゃないと思います」

「計画者が別にいて、有働さゆりは駒に過ぎないという見立てなんですね」

「確たる証拠は何もないんですけどね。そうとでも考えないと間尺に合わない」

古手川の話は多分に感覚的なものだ。本人が言う通り、根拠らしい根拠もない。

だが根拠はなくても不思議と説得力があるのは、古手川自身が身体を張って得た感触だからだろう。自分の血を流した経験者の前では、あらゆる論理は空虚に堕ちる。

今のやり取りで古手川の人となりは把握できた。ここからは本題に入るべきだろう。

「捜査本部は犠牲者と有働さゆりの接点を探しています」

宮間は番号札を持たされた三名の被害者について各々のプロフィールと生活歴を逐一列挙していく。

「どうですか。何か有働さゆりとの接点はありますか」

「日坂浩一三十九歳国会議員、高濱幸見三十四歳バスガイド、大塚久博四十二歳小学校教諭……見事にばらばらですね。出身地も母校も違う。ＳＮＳとかでの交流はあったんですか」

「いえ。それもまだ見つかってませんね」

「有働さゆりの家庭環境は複雑で、医療少年院を出てからは音楽の世界にどっぷりだったと聞いてます。その三人は音楽とあまり縁がないみたいっスね。路上でパフォーマンスとかするんですか」

「そういう趣味はなかったみたいです」

古手川はしばらく腕組みをして考え込んでいる風だったが、やがて諦めたように首を横に振った。

「接点、全然思いつきません」

「じゃあ、次に彼女が狙う犠牲者にも見当つきませんか」

「全く。そもそも一連の事件が有働さゆりの犯行態様とはまるで別物にしか見えないんですよ」

古手川の主張は変わらない。有働さゆりに関しては己の意見が最も正しいと信じきっている目だ。

「爆弾とか放火とか、やたらに証拠隠滅したがっているようですけど、有働さゆりは証拠隠滅にはあまり関心がなかったです。まるで気にしないっていうか、捕まえられるものなら捕まえてみろって感じでした」


埼玉県警を後にした宮間が次に向かったのは葛飾《かつしか》区小菅《こすげ》にある御子柴弁護士の事務所だった。アポイントは取っているものの、面談に費やせるのは十五分程度だと言う。

三十分を経過した時点で有料になります、と電話での応対に出た女性事務員が教えてくれた。

「待ってください。これは警察の事情聴取なのですが」

『すみません。任意である限りは他のクライアントと条件は同じというのがウチの先生の方針なんです』

女性事務員は申し訳なさそうだったが、慣れた様子でもあった。してみれば宮間に対する嫌がらせという訳ではないのだろう。

御子柴礼司《れいじ》の名を知らぬ司法関係者は少ないだろう。触法少年として新聞沙汰になり、医療少年院時代に一念発起し司法試験に合格。弁護士になってからは連戦連勝を続け、有罪判決間違いなしの案件を何度も引っ繰り返してきた。依頼人にとっては頼れる味方だが、検察と警察にとっては不倶戴天《ふぐたいてん》の仇《かたき》だ。

事務所のドアを開ける時にはさすがに緊張したが、本人と会う前からこの体たらくでは先が思いやられる。宮間は意を決して事務所の中に足を踏み入れた。

「有働さゆりの件だったな」

挨拶もへったくれもない。御子柴は開口一番、本題に入った。

尖った耳と薄い唇は、相対する者にいかにも酷薄そうな印象を与える。弁護士といえども人気商売なら取っつきにくさはマイナス要素のはずだが、敢えて直そうとしないのは相応の実績があるせいだろう。

「先生は有働さゆりの弁護人兼身元引受人だそうですね」

「だから、あなたは話を訊きに来たんだろう」

「六月に起きた富士見インペリアルホテルでの大量毒殺事件をご存じですか」

「新聞は毎日読んでいるから知っている」

「同月の大型バス爆破事件、そして先日の中学校放火事件は」

「全部知っている。それがどうかしたのか」

「その三つの事件、いずれも有働さゆりが関与しています。いや、捜査本部は彼女を最重要の容疑者として追っています」

それまで冷徹でしかなかった御子柴の視線がわずかに揺らいだ。

「物的証拠があるのか」

「現場の防犯カメラが彼女を捉えています」

「防犯カメラの映像は物的証拠にならない。公判でも採用されない」

「公判ではなく捜査段階の話です。捜査情報なので詳細は控えますが、いずれの事件も狙われたのは一名だけ。他の犠牲者は巻き添えを食った人たちです」

三人の被害者がそれぞれ番号札を持たされていたことは口外できない。御子柴に話していいのは三人のプロフィールと犯行現場の状況に留まる。

「三つの犯行現場から有働さゆりの毛髪や指紋は検出されたのか」

「いえ……」

「彼女の顔を確かに見たという目撃者がいるのか」

「いえ……」

「話にならんな」

一刀両断だった。

「最重要の容疑者にしては論拠が曖昧に過ぎる。まさか医療刑務所から脱走したという事実だけで彼女を疑っているとしたら見込み捜査も甚だしい。未だにそんな低レベルの捜査をしているから冤罪《えんざい》がなくならない。もっとも警察が杜撰《ずさん》な捜査をしてくれるお蔭《かげ》でわたしは仕事に恵まれているが」

いかにもな悪態を吐かれて宮間は頭に血が上りかけるが、すんでのところで抑え込む。単なる事情聴取のつもりが、いつの間にか心理戦の様相を呈している。先に自制心を失《な》くした方の負けだ。

「有働さゆりの弁護人らしい物言いですね。しかし先生は同時に身元引受人でもある。彼女の犯行である可能性があるのなら、これ以上罪を重ねないように努めるのが身元引受人の役目じゃありませんか」

「次の犯行を予測しろというのか」

「八刑の面会記録を拝見しました。先生は週に二度という頻度で足繁《あししげ》く八刑を訪ね、有働さゆりと面会している。それだけ彼女と言葉を交わしていれば思考パターンもご存じなんじゃありませんか」

攻守交代かと意気込んだが間違っていた。

「面会はしている。だが話してはいない」

「え」

「正確には会話が成立していなかった。相手は精神を病んだ患者だ。会話も成立しないのに思考パターンを読むなんて芸当ができると思うか」

挑発気味に言われたが、宮間は御子柴の言葉をそのまま受け取る気には到底なれない。御子柴の過去を少し調べれば、彼が有働さゆりと同じ医療少年院の出身であるのが知れる。ともに触法、同じ少年院に入所した者同士なら相通じるものがあるはずだ。

「では先生以外で、有働さゆりに近しい人間はいませんか。彼女の立ち寄りそうな場所を知っている人物です」

「彼女の夫について調べてみたか」

「有働真一《しんいち》氏、現在沖縄市在住。戸籍上は今なお夫になっていますが、離婚が成立していないだけで事実上は赤の他人です。現地に捜査員が飛んで、有働さゆりとは接触がないことを確認しています」

「じゃあ、それで鑑取りは打ち切りだな。彼女は娑婆《しゃば》にいる頃から自分の殻に閉じ籠っていた。親しくしていた人間はいない。諦めるんだな」

「これで諦めたら刑事なんてやってられないですよ」

宮間は尚も食い下がる。

「八刑での有働さゆりの担当医は役に立ってくれませんでした。解離性同一性障害に加えて殺人衝動が発現し、前例は参考にならないんだとか。しかし彼女に音楽療法を指導した人物がいたでしょう」

「御前崎《おまえざき》教授のことを言っているのなら真っ先に諦めろ。刑事相手に患者の情報を提供するようなタマじゃない。会いに行ったところで門前払いを食わされるのがオチだ」

「協力してくれる気はなさそうですね」

「あんたたちに彼女が捕まえられるとは考えていない。現に八刑を脱走してから今まで、何の手掛かりも得られなかった。能力のない人間に協力しても無駄だ」

「彼女がこれ以上罪を重ねれば、協力しなかった先生の責任も問われる。そうは思いませんか」

「責任を問われる前に彼女の嫌疑を晴らせば済むことだ」

いったい、この尊大じみた自信はどこからくるのか。御子柴を不倶戴天の仇とする者たちの気持ちがようやく理解できた。

「老婆心で言ってやるが、捜査本部は重要な事柄をすっ飛ばしている。敢えて知りたくないのか、それとも完全に失念しているのか、有働さゆりを犯人に仕立て上げたいばかりに何の検討もしていない」

「何をですか」

「侵入された中学校の裏口ドアは開錠されていたのだろう。もしピッキングされたのなら痕跡を鑑識が見逃すはずがない。それなら有働さゆりはドアの合鍵を持っていたことになる。彼女はどこでどうやって合鍵を入手した？　そもそも彼女に中学校付近の土地鑑はあったのか。職員室を含めて一階部分はほぼ全焼したということだから備え付けの防犯カメラもおそらく全滅したのだろう。あんたは明言を避けたが、中学校の出火現場に有働さゆりの姿は認められていないんじゃないのか」

図星を指されてひと言も反論できない。

「物的証拠はおろか、本人が現場にいたことすら認識できていない。そんな状況で、よくも最重要の容疑者なんて言えたものだ。ここが法廷なら裁判官は失笑しているぞ」

御子柴の指摘は的を射ている。裏口ドアの問題は気にかかっていたが、大塚の死体が番号札を握っているという事実に誘導されて解決を後回しにしていた憾《うら》みがある。

「校内に侵入して火を放ったのが有働さゆりとは言いきれない。現状、はっきりしているのはその事実だ。そこから推論を進めれば新しい展開になるかもな」

「でも」

「十五分経った」

御子柴は腕時計に視線を落とす。どうやら喋りながら所要時間を計っていたらしい。

「帰ってもらおうか」

まるで取り付く島もない。ちらりと女性事務員に目配せして助けを求めてみるが、彼女は申し訳なさそうに笑うだけでまるで頼りにならない。

「またお邪魔するかもしれません」

せめてもの捨て台詞《ぜりふ》だったが、御子柴の返しは容赦なかった。

「迷惑だから来るな」

すっかり負け犬になった気分で事務所を退出する。有働さゆりを知る者として事情聴取したもののの、得られたものは少なく、失ったものは多い。御子柴との対峙でプライドは傷つけられ、心を折られた。弁護士風情に何を言われても動じないと思っていたが、どうやら間違っていた。加えて御子柴の過去に鑑みれば、犯罪者から嘲笑されたに等しい。面談を終えても鬱屈は溜《た》まるばかりで、刑事としての誇りを侵食していく。

事務所の入っていた雑居ビルから出て、がらんとした駐車場を歩いているとようやく落ち着いてきた。

改めて考えると、御子柴の指摘は的を射ているばかりでなく示唆に富んでいる。大塚の死体が番号札を握っていたこと、そして放火の燃焼剤に軽質ナフサが使用されていたこと。事件と有働さゆりを結びつけるのはその二点だけだ。言い換えれば、その二点に第三者が関与していると仮定すると有働さゆりは無関係ということになる。

だが、そんなことがあり得るだろうか。

数字の入った番号札については未だ捜査情報として報道関係には漏洩《ろうえい》していない。知っているのは捜査本部の人間と犯人だけだ。従って放火事件に有働さゆりが関与していないというのは説得力に欠ける。

自分を含め、捜査本部はどこかで読み違えでもしたのか。

つらつら考えていると胸ポケットに仕舞っていたスマートフォンが着信を告げた。発信者は桐島だった。

「はい、宮間」

『今すぐ戻れ』

いつもながら有無を言わせぬ口調だが、今は緊張感が加わっていた。

『もう一人、容疑者が浮上した』

瞬時に御子柴の言葉が甦る。

「いったい誰なんですか」

『在校生の一人だ。事件当時、中学校の方向に向かう姿が防犯カメラに捉えられている。動機もある』

3

宮間が急ぎ捜査本部に戻ると、既に件の容疑者について任意同行を求める予定だと言う。中学生を容疑者として特定するからには、相応の物的証拠や根拠がある。

「近年稀に見る凶悪犯罪が捕まえてみればただのガキとなるとな。大山鳴動して鼠《ねずみ》一匹とはよく言った」

桐島はようやく捜査線上に浮かんだ容疑者が十四歳であったことが不服らしい。仮にその少年が犯人であった場合、取り調べが終われば大抵は家庭裁判所に送られ、刑事事件として裁かれることはなくなる。ただ少年の更生を目的とした処分が決まるだけだ。

「容疑者は在校生だそうですね」

「烏丸《からすま》鷹也《たかや》というガキだ」

桐島の説明によれば通学路に設置された防犯カメラを解析した結果、出火の直前に校舎への道を行き来している烏丸の姿が確認されたのだという。

「コンビニに買い物に出掛けたんじゃないですか」

すると桐島は自らのパソコンをこちら側に向けてきた。キーを叩くと、画面に不鮮明な映像が表示された。

「今言った防犯カメラから解析した映像だ」

タイムコードが目まぐるしく変わる中、薄暗がりの歩道をTシャツと短パン姿の少年が画面を横切った。小柄で短髪、カメラの向きが災いして人相までは分からない。片手に提げているスポーツバッグは丸く膨らんでいる。この時点でタイムは七月二十七日の23：29だ。

いったん映像が乱れたのは編集ポイントを跨《また》いだからだ。タイムは日付の変わった二十八日の0：20。先刻の少年が今度は逆方向から走ってくる。膨らんでいたはずのスポーツバッグは中身を吐き出して凹《へこ》み、少年の顔が斜めから捉えられている。

「スポーツバッグ片手にコンビニに行くヤツはそうそういない。しかも帰りはバッグが凹んでいる」

「爆弾を校舎に運び入れたから、帰りは空になったんですね」

「映像を高精細にして学校関係者に見せたらすぐに面が割れた。二年A組だそうだ」

「でも、防犯カメラの映像だけじゃ任意で引っ張るのは難しくないですか。相手は十四歳ですよ」

「裏は取れている」

そう言いながら桐島は仏頂面のままでいる。

「合鍵だ。商店街の中に〈キー・レスキュー〉という合鍵屋があり、二十五日に烏丸が来店している。店員にメーカー名と鍵番号を伝えて、翌日受け取りにきた」

メーカー名と鍵番号さえあれば合鍵は簡単に作れる。

「店員に烏丸の写真を見せたら、合鍵を注文した本人だと証言した。任意で引っ張るには充分な材料だ」

宮間の到着を待っていた訳ではないだろうが、桐島は烏丸を引っ張ってくるように命じた。童顔で通っている宮間と、刑事らしからぬ風采の葛城を向かわせるのは十四歳少年とその家族に対する配慮と思われた。

宮間は葛城とともに覆面パトカーで烏丸宅に向かう。当該宅は新旧混在する住宅地の中にあり、築三十年は経過していそうな建売住宅だった。

時刻は午後六時五十分。本人が既に帰宅しているのは先遣隊からの報告で分かっている。先遣隊は裏口に回り、宮間と葛城は正面玄関から急襲する。退路を塞いだ完璧な手法だった。

インターフォンを押すと、女性の声が返ってきた。

『どなたですか』

「警察です。鷹也さんの件で伺いました」

話を切り出したのは、警察を名乗っても抵抗の少なそうな葛城だった。母親と思しき女性の返事は明らかに口調が変わった。

『今、開けます』

玄関に入った宮間たちが警察手帳を提示すると母親は更に警戒する様子を見せた。

求めに応じてジャージ姿で現れた烏丸鷹也は、玄関先に立つ宮間たちに怯《おび》えた視線を向けていた。

紛うことなく防犯カメラに映っていた少年だった。

「烏丸鷹也くんだね。少し話がしたいのだけれど署まで一緒に来てくれないかな」

葛城の物言いはあくまでも柔和だ。放火殺人の容疑が濃厚であったとしても、十四歳という年齢を考慮すれば妥当な切り口だろう。

どうやら身に覚えがあるらしく、烏丸は束の間逡巡してから力なく頷く。

「……分かりました。着替えてくるので少し待ってください」

「話が長くなると泊まってもらうことになるかもしれない。支度を手伝おう」

「いや、それは」

「いいから」

強引に進めるのは自分の役割と事前に決めてある。宮間は烏丸を無理に先導させ、彼の部屋へと急ぐ。容疑者の逃亡を防ぐ目的ともう一つ、証拠隠滅を防ぐ意味もある。

烏丸の部屋に入るとこの世代特有の少年臭さがした。ただし少年らしさは臭いと棚に飾ってあるフィギュアまでだった。

勉強机横のゴミ箱には電子部品のパッケージが捻じ込まれている。取り出してみれば〈IC555〉の製品名が読み取れる。手軽に発信回路やタイマーに使われる電子部品だ。

「それは」

何やら抗議を口にしかけた烏丸を尻目に、宮間は机の上に鼻を近づける。烏丸が部屋で爆弾作りをしたのなら、作業する場所はここ以外に考えられない。

案の定、鼻がガソリン臭を感知した。部屋の片隅には防犯カメラが捉えたスポーツバッグが放り投げられている。

直ちに現場保存する必要がある。烏丸家は三人家族で、幸いにも父親がまだ帰宅していない。宮間は一計を案じ、階下で狼狽している母親に話し掛けた。

「息子さんに話を訊きたいのですが、こんな時間に彼一人を警察に送り出すのは不安でしょう。よろしければ同行されますか」

「もちろんです」

「ではご主人にも、署の方に直接来ていただけるよう連絡しておいてください」

烏丸鷹也と母親を覆面パトカーに押し込んで捜査本部に向かう。戸締りをさせて父親も署に直行させる言質《げんち》を得たので、当分の間は部屋を現場保存できる。両親を署に雪隠《せっちん》詰めにしている間に家宅捜索の令状を取ればいい。

停滞気味だった捜査が一気に動き始める。宮間は興奮を隠しきれなかったが、一方で最重要な疑念が頭を擡《もた》げてくる。

烏丸鷹也は一連の事件に、どう関わっているのだろうか。

警察による取り調べは特別な許可がない限り一日八時間以内、基本的に午前五時から午後十時までと制限が設けられている。烏丸が署に到着したのは午後七時五十一分。従って最初の取り調べは二時間行える。桐島からは今夜中に落とせと厳命されている。

「学校に火を点《つ》けたのは君だな」

取調室で対峙するなり、宮間は単刀直入に切り出した。何しろ相手は十四歳だ。手練手管を弄せず自白に持ち込みたい。

「放火なんてしていません」

任意同行に応じたにも拘わらず、烏丸は抵抗を試みる。変に疑われるのが嫌だから任意同行に応じたが、肝心なことは喋らないつもりか。

「校舎は七月二十八日の深夜に出火した。その時間、君はどこで何をしていた」

「自分の部屋で寝ていましたよ」

「何時頃、ベッドに入ったのかな」

「……零時くらいには」

「その時刻には外出していないんだな」

烏丸は恐々《こわごわ》といった体《てい》で頷く。どれだけしらばくれようと幼さは隠しようがない。

「これを見て」

宮間は葛城にパソコンを持ってこさせ、画面を烏丸に向ける。表示しているのは件の防犯カメラの映像だ。

「映っているのは君だよね。ちゃんと時刻も明示してある。二十七日の23：29から二十八日の0：20にかけて君は校舎に続く通学路を往復している。さっきの証言と大きく食い違うのはどうしてだ」

烏丸は黙りこくったが黙秘しているのではなく、ただこちらを怖れているのだと顔色で分かる。

それなら畳み掛けるまでだ。

「夜中に自宅を抜け出して、校舎に忍び込んだな」

「忍び込んでいません」

「商店街に〈キー・レスキュー〉という鍵屋があるだろう。最近、使ったことはあるか」

隠し事が下手な人間は、追い詰めれば追い詰めるほど嘘を口にする。

「いいえ、何度か店の前を通ったけど使ったことはありません」

「二十五日の午後四時三十分、君が来店し合鍵一本を注文したと店員が証言した。その際、鍵の現物を出さずにメーカー名と鍵番号を告げたらしい。それなら、わざわざ鍵をちょろまかす必要がないから楽なものだ。で、翌日には合鍵が君の手に渡っている。君は二十七日の深夜、校舎の裏に回ると合鍵で校舎の中に侵入した」

「違います、違います」

「行きにはパンパンに膨れ上がっていたスポーツバッグが帰りには空になっていた。中に入っていたのは何だ。爆弾か、それとも燃焼剤か」

「は、入っていたのはエッチな本で、こっそり捨てようと持ち出したんです」

「ほう。じゃあ、あの時間に家を抜け出したのは認めるんだな」

烏丸はしまったという顔をしたが、もう遅かった。

「放火には特殊な燃焼剤が使用された。リモートで起爆して燃焼剤が飛散する仕組みだ。これなら安全地帯にいながらにして火災ショーを楽しむことができる。どうだ、自分の通う中学が燃え盛るのを見物するのは楽しかったか」

もう烏丸は碌《ろく》に返答もしない。かたかたと音が聞こえると思ったら、烏丸の膝が震えて机の裏を叩いていた。

あとひと息で落ちる。宮間はわずかに声を荒らげる。

「さっき部屋のゴミ箱の中に電子部品のパッケージがあったな。大方、親に見られて不審がられるのが怖かったから捨てるに捨てられなかったか。おそらく遠隔操作で起爆させる仕組みなんだろうが、中学生が拵《こしら》えたのは正直驚きだ。得意科目は理科か、それとも工作か。どちらにしてもパーツを購入すれば店側に記録が残る。君がいくら沈黙を続けたところで後から後から証拠が出てくる。証拠が出揃ってから、実は僕がやりましたじゃ済まないぞ」

烏丸の目の前で机を派手に叩いてみせる。

びくりと肩を上下させるが返事はなし。しかし無視しているのではなく、必死に自制しているのが分かっているから責め続ける。刑事の尋問に十四歳の辛抱がどこまで通用するか。

本来、宮間は子どもが嫌いではない。中高校生のしでかす悪さにも寛容な方だと思っている。だが放火殺人となれば寛容の範疇《はんちゅう》から大きく逸脱する。本音を言えば家裁送りにも異議がある。こんな重大事件の法的責任を犯人の更生などという大義名分に転化していいものなのか。

「最初に洗いざらい喋った方が検察官や裁判官の心証もよくなる。第一、君自身が隠し立てしたままじゃ寝覚めが悪くないか」

宮間は一転して口調を和らげる。責め立てる一方で退路を作ってやれば、追い詰められた容疑者はそこに逃げ込む。

「放火した当初は昂揚して気分がいいかもしれないが、新学期が始まって登校するようになったら毎日自分がしでかした結末と向き合わなきゃならない。黙っていたら、一生後悔することになる。それが何を意味するのか分かるか。家族と語らっていても、友だちと飯を食っていても、本を読んでいても、ゲームをしていても、必ず自分の犯した罪を思い出す。裁かれないというのは永遠に続く地獄行きの切符なんだ」

宮間は烏丸を射るように見る。他に逃げ場はない。とっととここに入れ。

十四歳の少年にはやはり忍耐力が不足していた。しばらく項垂《うなだ》れていると、やがて烏丸は引き攣《つ》るように嗚咽《おえつ》を洩らし始めた。

「ごめんなさい……ごめんなさい……ごめんなさい……」

やっと落ちたか。

こういう時は落ち着くまで感情を吐露させた方がいい。感情を放出する際に自制心も敵対心も一緒に流れてしまうからだ。

烏丸が泣き止《や》むタイミングを見計らって、ゆっくりと尋ねる。

「君が校舎に火を点けたんだな」

「……はい」

「合鍵で裏口のドアを開け、校舎内に侵入して職員室に爆弾を仕掛けた。どんな爆弾だったんだ」

「軽質ナフサに遠隔操作で着火する方式です。スマホから信号を送信して起爆させます」

「さっきも言ったが、十四歳でよく拵えたものだな」

「作り方、ネットに上がってるんです。ダークウェブとかだと動画で解説してくれるんで」

「材料はどうやって調達した。タイマーや起爆装置くらいは部品屋で売っているだろうが、軽質ナフサなんてそうそう買えるものじゃない」

「軽質ナフサも中国系の通販サイトでフツーに売ってますよ」

烏丸が口にしたのは近年拡大の一途を辿る巨大通販サイトだが、急成長ゆえにセキュリティーや公益性に危うさが見られる。しかし、まさか十四歳の少年がそんなサイトを利用するなどとは想像もしなかった。

「鍵番号はどうやって調べた」

「学校中のキーは職員室に一括保管してあるんですけど、部活動が遅くなったり特別教室を使用したりする時には先生の許可で生徒が持ち出せる規則なんです。僕は音楽室の鍵を返す時、裏口ドアの鍵の番号をスマホで撮影したんです」

つまり学校側のセキュリティーも杜撰だったという訳だ。

「職員室に爆弾を仕掛けてから校舎を出ました」

「逃げる時、裏口は施錠しなかったんだな」

「どうせ全焼するなら鍵を閉めても意味ないから。それで自分の部屋に戻って、一時を過ぎた頃にスマホを使って起爆させました」

「そもそも、どうして放火しようなんて思いついたんだ」

烏丸はまた黙り込んだが、束の間の沈黙の後に重い口を開く。

「……校舎が焼けちゃえば登校しなくてもよくなる」

「何だって」

烏丸が訥々《とつとつ》と話し出したのは、クラスで彼がイジメに遭っている実態だった。本人には身に覚えのない理由で小突かれ、使い走りをさせられ、罵られる。肉体に虐待の痕はないが、心に消えようのない傷をいくつもこしらえている。

どこの学校にもある、ありふれた、ひどい話だ。ただしありふれていないのは、イジメ被害者が自室に引き籠らず、イジメの舞台を焼き尽くそうとしたことだろう。

「不登校も考えました。でもイジメを受けた僕が授業を受けられないのに、イジメたヤツらが普通に授業を受けられるなんて理不尽じゃないですか」

それでいっそ校舎を燃やしてしまおうというのだから、烏丸も短絡的と言えば短絡的だ。しかし追い詰められた人間は得てして短絡的になるものだ。そして短絡的な思考の末にあるものは大抵が破壊行為だ。

「よし。校舎に放火した理由は分かった。じゃあ、何故大塚久博を殺した。彼と君はどんな関係だったんだ」

「それを訊かれるのが嫌だったのもあるんです。放火したのを黙っていたのは」

烏丸は唇を尖らせる。いままで悲愴な表情をしていたので、尚更幼く見える。

「放火はしましたけど人は殺していません。焼け跡から死体が見つかったとニュースで知って、ホントに驚いたんですから」

「待ってくれ。じゃあ君が爆弾を仕掛けた時、職員室には誰もいなかったのか」

「誰かいたら仕掛けられませんよ」

宮間は葛城と視線を交わす。

「本当に知らないのか」

「放火する理由があっても、人を殺す理由がありません。第一、名前も知らない人をどうして僕が殺さなきゃいけないんですか」

宮間は質問の矛先を変える。

「裏口のドアは施錠しないまま帰ったんだよな」

「はい」

「自宅に戻る途中、この人物とすれ違ったことはないか」

烏丸に大塚の顔写真を見せる。だが烏丸はまるで興味がないというように首を横に振る。

「見たことありません」

宮間は質問事項も忘れて思考を巡らせる。

ボタンをかけ違えていたのか。もし烏丸の供述が真実だとすれば、当日、同じ校舎を舞台に別々の事件が起きたことになる。最初は烏丸による放火事件。合鍵を使って校舎に忍び込み、職員室に爆弾を仕掛けてから裏口から出る。これが二十八日の０：20の少し前。

烏丸は家に戻り、遠隔操作で１：00過ぎに爆弾を起爆させる。

殺人は00：20から１：00までの四十分の間に行われた。即《すなわ》ち大塚と何者かが施錠のされていない裏口から校舎に侵入、大塚は既に爆弾の仕掛けられた職員室で刺殺され、１：00過ぎの出火で職員室もろとも焼かれたことになる。

大塚を殺害した犯人は烏丸の行動を事前に知っていたに相違ない。そうとでも考えなければ、いくら何でも偶然が過ぎる。

「校舎に放火する計画を誰か他の人間に教えたのか」

「そんなこと教えるはずないじゃないですか」

拗《す》ねた言い方で、目の前に座る放火犯が十四歳の少年であることを改めて思い知る。

ふと、ある考えが頭を過《よぎ》った。

「イジメに悩んでいた時、いの一番に放火を思いついた訳じゃあるまい」

追い詰められていたとは言え、一足飛びに極端な結論に至るのか。

「不登校と校舎への放火では極端な差がある。普通はその間に他の選択肢もあるんじゃないのか。ひょっとしたら自分がイジメを受けていたのを誰かに相談したんじゃないのか」

「だ、か、ら。そうそう自分がイジメられていたことを相談するヤツなんていませんよ」

烏丸は一語一語に力を込めて否定する。彼の言い分はもっともであり、今までイジメに端を発した事件は枚挙にいとまがないが、共通点はイジメを受けた本人が誰にも悩みを打ち明けられずにひたすら内向していったことだ。

「刑事さん、イジメられたことなんてないでしょ。一回でも味わったら分かりますよ」

烏丸は訳知り顔で言う。いや、現にイジメを受けていたのだから訳を知っていて当然だ。

念のためにと、今度は有働さゆりの写真を突き出す。

「誰ですか、その人は」

烏丸の表情筋はぴくりとも動かない。宮間は尚も烏丸の様子を窺《うかが》うが、尋問の相手は唇をへの字に曲げてこちらを睨み返すばかりだった。

ともかく放火については供述したので、宮間はその場で烏丸を現住建造物等放火罪の容疑で逮捕した。

令状を取った桐島班は急ぎ烏丸宅に赴き、鷹也の部屋を中心に家宅捜索を行った。勉強机の上には軽質ナフサの染みが残存し、ゴミ箱からは〈IC555〉のパッケージ以外にも爆弾製造に使用されたと思しき金属クズが多数発見された。本人の供述もあるので、捜査本部は更に証拠を固めてから検察に送致することとした。

だが一方、大塚久博殺害事件に関しては一歩も先に進んでいなかった。

「放火は自白、殺人は否認か」

報告を受けた桐島は苛立《いらだ》ちを隠そうともしなかった。

「それで、ハイそうですかと済ませたのか」

「まさか」

宮間は逆らうように頭を振る。

「爆弾を仕掛けに行ったら死体が転がっていた。そんな馬鹿な話はありませんからね。大塚と何かしら関係があると睨んで徹底的に尋問したんですが、なかなか口を割りません」

「口を割らなくたって接触した痕跡くらいは残しているだろう。折角令状があるんだ。スマホを押収してしまえばいい」

「それが……スマホは放火した直後に落としてクルマに潰されたって言うんですよ」

「十四歳にしても一番下手な言い訳だ」

「しかし取り調べを始める前に簡単な身体検査をしたんですが、確かに携帯端末は所持していませんでした」

「どこで失くしたと供述している」

「失くした場所が分かっているなら苦労しないそうです」

遠慮がちに告げたつもりだったが、桐島はぴくりと片方の眉を上げた。

「彼の部屋を捜索しても、やはり見つからず」

「証拠隠滅か。しかしそうなると、予め警察が踏み込んでくると踏んでいたことになる。それにも拘わらず部屋からは爆弾製造に関するブツが山ほど押収されている」

「普通の十四歳ですからね。必死に隠そうとしても穴はあります」

説明しながら宮間は違和感を覚える。穴だらけの証拠隠滅はその通りだが、放火関連と殺人関連では熱意のかけ方に雲泥の差がある。まるで放火は発覚しても構わないが、殺人については微塵も疑えないように予防線を張っているように見える。

「放火と殺人じゃ、さほど刑罰に差がないのは説明したのか」

「一応は」

「いくら十四歳の犯罪少年でも検察のやりようによっては少年刑務所や保護観察所じゃ済まなくなる」

「説明される前に本人は調べていた感があります。殺人を否認しているのは、自分の罪を重くしないためじゃないでしょうか」

「どちらにせよ、烏丸と大塚の接点を明らかにしない限り、二つの事件を繋ぐことができん」

今、人間同士の接点と言えば携帯端末を抜きにして語れない。だが捜査員や消防署の火災原因調査員が出火場所を隈《くま》なく捜索したが、大塚の携帯端末は遂に発見できなかった。通信記録から烏丸との接点を探る試みは最初から断ち切られている。

「烏丸と有働さゆりの繋がりはどうだ」

「本人は知らぬ存ぜぬの一点張りですよ。写真を見せても何の反応も示しません」

「死体が握っていた金属プレートから、有働さゆりが事件に関与しているのは間違いない。烏丸の部屋から有働さゆりの存在を示すものは何も出なかったのか」

「一切ありませんでした。残っているとすると本人が紛失したと申告しているスマホにでしょうね」

桐島は指で机を叩き始める。二進《にっち》も三進《さっち》もいかなくなり、考えに窮した時の癖だった。考えに窮した人間が採るのは大抵が徒労に終わる手法だ。案の定、桐島は予想通りの言葉を口にした。

「検察官が請求すれば送致後も最長二十七時間は勾留できる。その間に何としてでもあのガキから一切合切を吐き出させるんだ」

*

意外にも留置場の中はさほど寒くもなく不潔でもなかった。烏丸は窓のない壁を眺めて脱力の溜息《ためいき》を吐く。

結局、取り調べが終わっても母親とは会えなかった。烏丸には却《かえ》って好都合だった。我が子が校舎に火を放った犯人だと知ったら、いったい母親はどんな顔をするだろうか。

宮間という刑事から説明されるまでもなく、いずれ自分が少年刑務所なり保護観察所なりに送られることは承知している。そこまで覚悟して犯行に及んだのだから、今更恐怖は覚えない。

自分に兄弟がいなくてよかった。いれば必ず迷惑をかけたに違いない。母親と父親に関しては、自分をこんな子どもに育てた責任を取ってもらうしかない。申し訳ないとも思うが、自分にはこうするより仕方がなかったのだ。

玄関であの二人の刑事を見た瞬間から嫌な予感はしていた。可能な限り黙秘を続けようと頑張ってみたが、やはり警察には歯が立たなかった。

反省材料は少なくない。

爆弾を作る場所は自分の部屋しかなかった。しかし後処理は速やかにするべきだった。両親に知られてはまずいので製造の過程で生じた金属クズや軽質ナフサの染みは早々に始末するべきだった。

防犯カメラにしてもそうだ。犯行時は緊張していて校内の防犯カメラしか警戒しなかった。合鍵も、もっと離れた町で作れば足がつかなかっただろう。

反省はする。

しかし後悔はない。

自分の犯行は暴かれたが、「あの人」については完全に黙秘できたのだから。

当初、イジメに遭っていることは誰にも相談できなかった。己が惨めな生き物と知られるのが怖くて両親にも相談できなかった。ネットに逃げ込んだ自分を誰も責められないだろう。

イジメの実態を吐露すると反応は分かれた。

警察に相談しろ。

卒業するまで我慢しろ。

いっそ自殺したら問題化するぞ。

冷やかしか煽《あお》りとしか思えない返事の中で、唯一興味を惹《ひ》いたものがあった。

『まずわたしに向かって悪意を吐き出したらどうですか。少しは楽になりますよ』

新鮮なアプローチだったので、厚意に甘えて日頃の悔しさや切なさを吐き続けた。自分でも甘え過ぎかと思ったが、相手は反論一つせずに烏丸の言葉を全て受け止めてくれた。

彼女は〈アルテミス〉と名乗った。相手を年上の女性と認識したのは言葉遣いや語彙の豊富さから、そうとしか考えられなかったからだ。

ある日、イジメの内容が我慢できないレベルに達して絶望を露《あら》わにした時だった。

『それならイジメの舞台を失くしてみたらどうですか？　それならイジメの加害者もイジメを放置している学校側も同等に被害をこうむります。あなた一人が割を食うなんて馬鹿らしいじゃないですか』

烏丸はたちまちその提案に誘惑された。提案に興味を持った旨を告げると、〈アルテミス〉は中学生の自分でも実現可能で且つ最も効果的な方法を教示してくれた。それが軽質ナフサを燃焼剤とする爆弾の製造だった。

『製造方法はこのサイトの動画で、材料の調達はこの通販サイトを利用すれば簡単に入手できます』

教えられたサイトは確かに有用で、爆弾は比較的簡単に製造することができた。

いざ現物を目の前にすると得も言われぬ昂揚感が胸を満たした。頭の中で何度もシミュレーションを繰り返し、決行の日を七月二十七日の深夜と定めた。

決意すると自分の計画を誇りたくなる。晴れの日を誰かに褒めてほしくなる。

称賛してほしい相手は一人だけだった。〈アルテミス〉に決行の日時を告げると、彼女は細心の注意を払うようにアドバイスした上でこう励ましてくれた。

『反乱は成功した瞬間、革命になります』

革命。

何という甘美な響きだろう。

彼女の鼓舞で不安は一掃された。

明日のニュースを見ていてください。

独居房は畳二畳分の広さしかないが、膝を抱えて座るとさほど狭くも感じなかった。

〈アルテミス〉。

あなたは、また僕を褒めてくれるよね。

4

七月二十八日深夜零時十五分。

校舎から少し離れた物陰に身を潜めていた有働さゆりは、裏門から小走りに駆けだす小柄な人影を見届けた。

彼が火つけ役か。

背丈と顔立ちから推せば十三歳か、それとも十四歳か。いずれにしてもまだまだ幼く、自分と世界の距離感が摑めない年頃だ。

ふと息子の真人《まさと》を思い出す。生きていればあれくらいの男の子に育っていたはずだ。

次の瞬間、思考に激震が走る。脳髄を鷲摑《わしづか》みにされるような衝撃に襲われる。全身が硬直し、呼吸すらできなくなる。

考えるな。

金輪際、考えるな。

思考の隅に巣くう何者かが警告する。思い出せば精神の均衡を保てなくなると警告する。

束の間、さゆりの心象風景には八十八鍵の鍵盤が浮かび上がる。自らの指がソナタを弾き始める。

ようやく呼吸が可能になり、さゆりは我に返る。

とにかく予定通りに行動しよう。今、必要なのは冷静さだ。

さゆりは少年が立ち去った後の裏門に回る。思惑通り、裏口ドアは施錠されていなかった。

この夜、さゆりは黒のセーターと黒のパンツに身を固めていた。街灯のある往来はともかく、非常灯のみの校舎内では闇に溶け込んでしまう。

事前に大まかな見取り図は入手しており、職員室の場所はすぐに分かった。途中で防犯カメラに捕捉されたかもしれないが、あまり頓着はしない。どうせ火事になってしまえば校舎もろともカメラの映像データも焼失する。

目を凝らせば職員室の隅にペットボトルを束ねたような筐体《きょうたい》が浮かんだ。あの少年が拵えた発火爆弾だろう。さゆりが大型バスの爆破に使用したものとは若干形状が異なるが、おそらく構造自体は酷似しているに違いない。爆発予定時刻は深夜一時過ぎと聞いている。仮に計画に齟齬が生じたとしても、さゆりは一時前に校舎から脱出すれば済む話だ。

問題はそれまでに彼が来るかどうかだ。

さゆりは入口の真横に立つ。ここなら職員室に入ってくる者の死角になる。

果たして彼は来るだろうか。彼女は『必ず来る』と断言した。

『彼の暮らしは今、とても安定している。公務員、定収入、信用、休息。取るに足らない、つまらないものばかりだけど、人生で辛酸を舐《な》めた者にとっては何よりの甘露。それを脅かされるとなったら、万難を排してでもやってくるはず』

とうの昔に安定した生活を捨てたさゆりには実感の湧かない指摘だ。しかし彼女は今まで一度も間違ったことがない。彼女が言うのだから、きっとそうなのだろう。

零時三十分、約束の時間だ。

果たして裏口の方からこちらに近づく足音が聞こえてきた。

時間を厳守する人間には好感が持てる。さゆりは手ぐすねを引いて彼を待つ。薄闇と静寂の中、彼の足音だけが大きく響き渡る。

さゆりは懐から得物《えもの》を取り出した。先端をより鋭く加工した千枚通しだ。腕力のあるさゆりには手頃で最も殺傷力を期待できる得物だった。

間もなくして入口から彼が顔を覗かせた。

事前に人相を知らされていたので彼が大塚久博であることは間違いなかった。

さゆりは息を止めて様子を見る。大塚は辺りを見回し、ここが約束の場所であるのを確認しているようだ。

獲物に考える隙を与えてはいけない。

さゆりは大塚の背後に音もなく忍び寄り、背中に千枚通しを深々と突き立てる。

低く呻いて大塚は膝を屈する。おそらく自分が襲われたことさえ瞬時には考えつかないだろう。

千枚通しは背中に深く刺さっているので、大塚が必死に手を回しても柄に触れることさえできない。身悶えする様は罠《わな》にかかった小動物のようだ。

さゆりは千枚通しの柄に手を掛け、更に深く押し込む。

「ふうぐっ」

肺の中の空気を全て吐き出すような声だった。

大塚の抵抗が失《う》せた頃合いを見て、さゆりはようやく千枚通しを引き抜く。刺さっていた痕からは血が勢いよく噴き出た。

血が流れる毎に命も流れ出ていく。大塚の身体は床に崩れ落ちた。

返り血を浴びたかもしれないが、さゆりは一顧だにしない。返り血を浴びても目立たないための黒装束だ。

爪先で大塚の身体を転がして仰向《あおむ》けにさせる。ここに至ってさすがに急襲されたことに気づいているだろうが既に抗う気力も体力もなく、大塚は焦点の合わない目でさゆりを見上げている。

「どう、して」

答えてやる義理はない。

さゆりは傍らに腰を落とすと、心臓の真上に再び千枚通しを突き立てた。

「ふううっ」

大塚は身体をエビのように反らせる。だがそれも一瞬のことで、更に刃を押し込まれると大の字に伸びた。

獲物はぴくりとも動かなくなった。腕時計で時刻を確認すると零時四十三分。残り時間はあまり余裕がない。

胸板から千枚通しを引き抜く際、抵抗とともに大塚が短く咳《しわぶ》いた。液体を噴き出すような音もしたので、おそらく肺に血が溜まっているに違いない。

人を刺す感触も刃物を抜き取る感触も懐かしい。まるで子どもの頃に戻ったかのような安らぎがある。彼女からの提案を二つ返事で引き受けたのも、自分の性癖を満足させられると考えたからだ。

さゆりは大塚の身体をまさぐり、手探りでスマートフォンを見つけて奪い取る。次に懐から真鍮製のプレートを取り出して大塚の手に握らせる。中央に〈3〉のアラビア数字が刻印されており、大塚の身体と校舎が灰になっても、このプレートだけは燃え残るはずだ。

大塚が事切れているのを確かめて職員室を出る。あと二十分弱、慌てる必要はない。さゆりは足音を殺しながら裏口へと向かう。

裏門から学校の敷地を抜け、公園の方向に歩き出す。慌てず、不審がられず、ごく自然に振舞う。

公園に到着すると園外の舗道に黒のワゴン車が停まっていた。

中では美智留が待っていた。

「はい、着替え」

首尾も訊かずに替えのニットを後部座席に放って寄越す。さゆりの遂行能力は疑っていないようだ。さゆりは返礼に、大塚から奪ったスマートフォンを投げて渡す。

後部座席で着替えていると、そろそろ予定時間だと告げられた。

「一時を過ぎた。もう、いい頃なんだけど」

その時、中学校のある方角からバックファイヤーに似た音が聞こえた。

美智留は愛《め》でるような目をして言う。

「時間を厳守する人には好感が持てるわね」

長居は無用とばかりにワゴン車を出す。さゆりがやってきた道を辿っているので、このまま真っ直ぐ走れば校舎の前を走ることになる。

「大塚、だったっけ。彼もちゃんと時間厳守でやってきた」

「こっちが指定したことを逐一守らなきゃいけなかったから。当然」

大塚は弱みを握られると操り人形のように振る舞うしかなかった。水戸市の小学校に勤めている時分、強制わいせつで逮捕された件を美智留に知られたのだ。

「前科があるのにフェイスブック上げてたんでしょ。迂闊《うかつ》なことするのね」

「今の小学校に採用されてから気が抜けてたみたい。ロリコンで捕まったのに、どうしてそのまま平穏に先生を続けられるなんて考えられたのか、そっちの方が不思議」

美智留から聞かされた手順はこうだった。

懲戒免職の処分をうけた教員については各都道府県の教育委員会が官報に記載している。美智留は過去に亘って記録を精査し、処分を受けながら他の都道府県でまんまと教員に採用された人間のリストを独自に作成していた。

大塚にとって不幸だったのは、SNSで己の存在を誇示してしまったことだった。美智留はDMで大塚に接触すると、官報で記載を確認した旨を通告する。慌てふためいた大塚が公表しないでくれと懇願すると、美智留は自らを秋川第一中学校の教員と名乗り、話し合いのため深夜の校舎に出向くよう伝えた。大塚は逆らいようがなかったのだ。

「それにしても、よく火つけ役の在校生を見つけられたわね」

「順番が逆よ。在校生の中にイジメを受けている子がいると知ったのが最初。前科を持つ教職員の中から大塚を選んだのは、その後だった」

美智留は「秋川第一中学」というワードでネットの海を渡り、やがて遭難しかかっている烏丸鷹也という少年のSNSに辿り着いたのだと言う。一度接触してしまえば美智留にとって十四歳の少年は赤子にも等しかった。美智留は〈アルテミス〉と名乗り、烏丸少年の相談役として存在感を拡大していく。

校舎への放火を唆《そそのか》されると、烏丸少年はあたかもそれを自身の発案のように思い込み、嬉々《きき》として爆弾製造に傾倒していく。目的が達成できた暁には、己と〈アルテミス〉の接触記録を全て抹消することも承諾してしまった。

純粋な人間ほど扱いやすい。烏丸少年はそのいい見本だった。

やがて二人を乗せたワゴン車は中学校に近づく。さすがに目の前の道路ではなく一つ奥の裏通りを走るが、校舎の一階から炎が上がっているのが目視できた。

燃焼剤となった軽質ナフサのせいか、炎は見事な紅蓮《ぐれん》の色をしていた。夜目にも鮮やかで、さゆりはしばしその光景に心を奪われる。

「綺麗《きれい》ねえ」

美智留も感に堪えないように呟く。少なくとも火事に美しさを見出《みいだ》す感性は共通しているらしい。美智留に共感する部分は少なくないが、価値観の共有はその中でも無視できないものだ。

「美智留さん。一つ訊いていい？」

「何」

「大塚を殺さなきゃならない理由は何だったの」

すると美智留は同性のさゆりから見ても妖艶な笑みを浮かべた。

「いつかね」

四　古見千佳

1

「はああうっ」

エアロバイクを五分間漕《こ》ぎ終えた荻野多恵子《おぎのたえこ》は、足の動きを止めると大きく息を吐いた。負荷の軽いエアロバイクは準備運動にうってつけで、五分も続ければ足の筋肉が刺激されて身体が適度に温まる。ただし五十路《いそじ》に近い多恵子の体力では、身体が温まるどころか下半身の関節が一斉に悲鳴を上げる。立ち上がってみると膝から下が震えて足元が覚束《おぼつか》ないので、もうしばらく休むことにした。

小休止した後はレッグプレスに移動する。身体の中でも特に筋肉量の多い太腿《ふともも》を鍛えれば基礎代謝も上げられる。ベンチに座ってフットプレートを押し上げる。腿前、腿裏、内腿、ふくらはぎといった下半身全体を使ってプレートを踏む。十回を一セットとしてインターバルを挟みながら三セットを目安に続ける。こちらはエアロバイクよりもきつい。一セットも済んでいないのに、既に息が上がってしまった。

「多恵子さん、頑張るねえ」

ランニングマシンをゆったりと歩いていた倉間佳織《くらまかおり》が話し掛けてくる。多恵子よりも先に入会していた先輩で、年齢を訊いたことはないがおそらく六十代半ばだろう。

多恵子はダイエット目的でジム通いをしているが、佳織は話し相手が欲しくて来ているのかもしれない。それはトレーニングへの取り組み方で明らかだ。もっとも彼女の心構えを責めるつもりなど毛頭ない。ここに通う大半の会員は社交場代わりにジムを利用しているからだ。そもそもジムの設備が陳腐でトレーニング・マシンも型落ち、内装に至っては壁の内側から染みが浮き出ている。およそお洒落《しゃれ》とは言い難く、熱心にダイエットしようなどと考えているのは少数派ではないのか。

〈ヤマギシ・フィットネスクラブ〉は元々銭湯だった建屋を番頭の山岸竹富《やまぎしたけとみ》がジムに改装したものだ。改装といっても浴槽を取り外し、タイル床をフローリングに張り替えた程度なのでそこかしこに銭湯だった頃の名残《なごり》が目立つ。メンズフロアとレディースフロアは高い壁で仕切られているし、シャワー室とサウナが設《しつら》えられているのもそうだ。

伝え聞くところによると山岸の銭湯経営は相当行き詰まっていたらしい。当然だろう、こんな片田舎でも風呂のない家は珍しい。昨今は1Kのワンルームですらユニットバスが設置されていなければ借り手がつかないのだ。老朽化した銭湯に足繁く通うのは、よほどの物好きだけだ。そして物好きな客だけでは銭湯の経営は成り立たない。

窮余の一策がフィットネスクラブへの転換という訳だが、所詮わずかばかり改装しただけのジムに客が殺到するはずもなく、日曜日の本日でも中は閑散としている。レディースフロアには多恵子を含めて四人しかいない。話し掛けてきた佳織とアブドミナルクランチのハンドルを握って汗を掻いている古見千佳《ふるみちか》、部屋の隅で所在なさそうにしている須美野朱里《すみのあかり》。

千佳は明確に身体を絞るために通っているのが分かる。多恵子が見ている限り彼女がトレーニング・マシンに触れていない瞬間はなく、いつも身体を動かしている。見かけは三十代前半、ここで絞らなければ自分の未来はないとでも恐れているのか。もちろん汗を流すのがジム本来の目的なので、これも多恵子がとやかく言う筋合いはない。

朱里は佳織以上にジム通いの理由が分からない。汗も流さず、他の会員と談笑するでもない。まるで時間を潰しに来ているみたいだ。それぞれに事情があるので詮索するつもりはないが、時折気になる存在だった。

トレーニングへの取り組み方が四者ばらばらなのはインストラクター不在によるところが大きい。指示されなくて却って気楽だという会員もいるが、つまりは資金不足でインストラクターを雇えないだけのことだろう。

よほどのことがなければ〈ヤマギシ・フィットネスクラブ〉もいずれ前身の銭湯と同様、経営難で潰れる。おそらく会員のほとんどがそう考えている。それでも近くに競合するジムがないので仕方なく通っているのが実状だった。多恵子自身、ジム存続のために尽力しようとは思わない。署名活動やクラウドファンディングも面倒臭い。

トレーニングでの疲労に加えて、忍び寄る荒廃の臭いが多恵子の精気を蝕《むしば》む。

駄目じゃん。

折角会費を払っているんだから、ジムに来ているうちは汗を流さないともったいない。

改めてフットプレートを押し上げた、その瞬間だった。

どんっ、と床下から大太鼓の音がしたと思うと、震動とともに身体が浮き上がった。

多恵子の身体だけではない。他の三人もトレーニング・マシンも床ごと浮いている。

まるでスローモーションの映像を見ているようだった。

いや、浮いているのではない。

吹き飛ばされている。

爆発だ。

頭の隅でちらと認識するが、音が聴覚の許容値を超えているために現状を把握できない。

多恵子の身体は壁に叩きつけられる。あまりの衝撃で気を失いそうになるが、何とぶつかった壁までが爆風で崩れていく。

何が起きたのか。

浮かんだ疑問は瞬時に立ち消える。

トレーニング・マシン、床材、コンクリート片と一緒に建屋の外へと投げ出される。

多恵子の意識は、そこで途絶えた。

*

流山《ながれやま》市菅平《すがだいら》の〈ヤマギシ・フィットネスクラブ〉が爆発炎上したのは八月十日午後二時二十五分のことだった。

菅平は低層住居と小規模店舗の混在する古い住宅地だ。爆発の際、通りを歩いている者はいなかったが人的被害も物的被害も甚大だった。

突如響き渡った爆発音は、さながら雷の直撃を思わせた。最初に大太鼓のような音、次に爆弾を落としたような音がしたと言う。

度肝を抜かれた近隣住民たちは一斉に家から飛び出し、フィットネスクラブの方向から立ち上る黒煙を見て天災ではないと判断した。

まず向こう三軒の民家とコンビニエンスストアのドアとガラス窓が爆風で全て吹き飛んだ。偶然居合わせた客はガラス片を雨あられと浴び、中には危うく失明しかけた者もいた。

「震度4の地震並みかと思いました」

そう証言したのはレジにいたバイト店員だ。陳列棚の商品は散乱し、営業再開には数日かかる有様となっていた。

築年数の経った民家ではスレート葺《ぶき》の屋根が歪み、屋根瓦が落下し、壁に亀裂が走った。それこそ震度4の揺れに遭ったのと同等の被害だが、修繕に災害給付金は適用されない。〈ヤマギシ・フィットネスクラブ〉のオーナーがどこまで補償に応じられるのか、現時点では何も分かっていない。

もちろん最大の被害をこうむったのは言うまでもなく〈ヤマギシ・フィットネスクラブ〉の建屋だった。瓦葺の屋根は崩落し、四方の壁は完膚なきまでに吹き飛んだ。コンクリート片の一部は一ブロック向こうにまで飛散したというのだから、その爆発規模が自《おの》ずと窺い知れる。

近隣住民からの一報を受けて消防車両と警察車両が到着した。フィットネスクラブの建屋は大方爆破されて、わずかに残った床と地下のボイラー室が出火している。
現場に足を踏み入れた消防隊員たちは一様に顔を顰めた。
まるで焼け野原ではないか。
従前のかたちを留めているものは何一つとして見当たらない。トレーニング・マシンはひん曲がり、欠損している。フローリング床は木っ端微塵に砕け散り、破砕した水道管からは勢いよく水が噴き出ている。
瓦礫《がれき》の山の中に見え隠れしているのは人体だ。トレーニングウェアの切れ端と人体の一部が転がり、血と肉の焦げる臭いが辺りに充満する。
消火活動は短時間で終わり、犠牲者の救護と回収が急ピッチで進められた。だが焼け野原同然の現場で息があったのは男性一人と女性一人のみで、あとの犠牲者は救急隊員の奮闘も空しく死亡が確認された。四肢どころか首が千切れていた死体もあったので不思議ではない。爆発直前の入退出記録で建屋の中にいたのは七人の会員であるのが判明している。
鈴木馬之《すずきまゆき》（二十八歳）
古場堅市《こばけんいち》（三十六歳　死亡）
佐々木義武《ささきよしたけ》（四十二歳　死亡）
古見千佳（三十二歳　死亡）
荻野多恵子（四十八歳）

須美野朱里（三十五歳　死亡）
倉間佳織（六十六歳　死亡）

うち古場堅市と倉間佳織は隣町、他の五人は同じ町内の住民だった。オーナーである山岸の提出した会員名簿から各人の家族に連絡が入り、検視を待っての身元確認と相成った。人体破壊が凄《すさ》まじく人相の不明瞭な遺体も散見されたが、身に着けていたトレーニングウェアで辛うじて特定できた始末だ。

現場の救急活動によって生存の確認できた二名と心肺停止していた二名については病院に緊急搬送された。ただし他の三名についてはとても蘇生の期待できる状態になく、死亡確認の後に検視となった。

消防署は被害者の救護と回収の他、火災原因の調査にも着手する。ただしこちらについてはあまり時間を要さなかった。すっかり露出した地下ボイラー室を覗いた火災原因調査員が早々に見当をつけたからだ。

元が銭湯であり、フィットネスクラブに改装してからも依然としてボイラー設備は稼働しており、フロアに温泉を供給していた。当初、火災原因調査員が注目したのは、温泉を汲《く》み上げる際に同時に噴出するメタンガスを主成分とした天然ガスだ。つまり主成分であるメタンガスに何らかの具合で引火し、ガス爆発を引き起こしたと推測した。

ところが破裂したボイラーを調べると露出した側ではなく裏側から破裂していた。メタンガス引火説は、いったんボイラー破裂説に取って代わられそうになったが、破裂が内側からではなく外側からの圧力であったのが判明して紛糾した。

いくつもの火災現場を渡り歩いた老練な火災原因調査員はボイラーの破砕面に目を留めると、その断面からガソリンに似た成分を抽出した。

「そう言えば」と、消防士の何人かが口を揃えて証言した。

「この現場にはガスの燃焼臭と、仄《ほの》かにガソリンの臭いもしている」

少し遅れて臨場した流山署も、爆発の原因調査のために抽出されたガソリン成分を分析した。結果として消防署と流山署はともにガソリン成分が軽質ナフサであると断定したのだ。

ここで時間を少し遡る。

建屋爆発の三分後、即ち午後二時二十八分、流山署に市民からの通報がもたらされた。捜査員が現場に到着する頃には、既に消防士と救急隊員が先着して各々の職務を遂行していた。消火作業が完了せず被害者の安否も確認できない時点で警察ができることは現場保存と野次馬の整理くらいしかない。

携帯電話・スマートフォンの普及は野次馬の悪質化に拍車をかけている。現場を十重二十重《とえはたえ》に取り囲んでいる野次馬たちは好奇と興奮に目をきらきらと輝かせて爆発現場を遠慮なく撮影している。中には遺体に照準を合わせる不届き者さえいる。

建屋爆発の威力は凄まじく、フィットネスクラブの敷地内にあるものほぼ全てを吹き飛ばしていた。そうした残骸を集めて仕分けするのも警察の仕事だ。

当該フィットネスクラブの会員は近所の住民が大半だが、通う手段は徒歩か自転車、さもなければバイクが多い。勢い敷地内の駐車スペースにも自転車やバイクが並んでいたはずだった。現場の警察官は四方八方に散らばり、明らかに敷地内から弾き飛ばされたと思しき自転車やバイクを回収してきた。

ところが、そうして集められた自転車の一台に妙な工作が施されているのを捜査員が発見した。

「何だ、これ」

不審物は自転車カゴの前面に針金でがっちりと括《くく》りつけられていた。

真鍮製のプレートで真ん中には〈4〉とアラビア数字が刻印されている。

「ちょ、ちょっと待て」

犠牲者は常に番号の入った札を持たされている――六月三日から続く連続殺人事件については全国の警察署に情報が共有されている。警察関係者と犯人以外には知る由もない情報であり、今回のフィットネスクラブ爆発事件もそれらに連なる一件と考えられる。

かくして流山署から警視庁捜査一課へと、事件の詳細について報告が為された。

*

「ひどいな」

爆発現場に臨場した途端、宮間は独り言のように呟いた。横に葛城もいるが、彼を意識して喋った訳ではなく、自然に口から出た言葉だった。

ただの火災とは異なり、ガス爆発の特徴は爆心地から一定半径のものほとんどを薙《な》ぎ倒し、吹き飛ばしてしまうことだ。後には大きな瓦礫と柱くらいしか残らず、まるで台風が過ぎ去ったような有様となる。台風と異なる点と言えば、現場が焦土と化している点か。

「大型バス爆破の時もそうでしたけど、これだけ現場が焼けてしまうと証拠物件の採取が困難です」

葛城は気の毒そうに言う。視線の先では鑑識係が足と指先を真っ黒にして動き回っている。正確に言えば証拠物件の採取を困難にしているのは爆破ではなく、消火に使用された大量の水が物的証拠を洗い流してしまうことだ。延焼や類焼を防ぐために放水するのは当然なのだが、後から物的証拠を探し回る身には厳しいものがある。

爆発から四時間が経過し、既に火の気は失せているが、ガス臭さと肉の焼ける臭いは完全には消え去っていない。どちらも胃の中を掻き回すような臭気であり、宮間は必死に嘔吐を堪《こら》える。

流山署の捜査員に案内されて件の自転車を見せてもらう。所謂ママチャリだ。前面のカゴに括りつけられているのは紛れもなく、あの真鍮プレートだ。アラビア数字の〈4〉も今までと同じ意匠となっている。

「同じ作りで番号だけが次々に更新されるのは嫌だなあ」

葛城の言葉に思わず頷く。バックル状のプレートをいちいち作るのはいかにも面倒であり、最初から複数作っていると考えるのが妥当だ。即ち犯人＝有働さゆりは最初から連続殺人を計画し、しかもその数がどこまで続くかは本人しか知らないということになる。

何とかここで有働さゆりの暴走を止めなければ。

流山署の捜査員によれば自転車の持ち主は古見千佳という女性で、既に死亡が確認されている。なるほど自転車後部の泥除《どろよ》けにも〈古見〉と名前が入っている。アブドミナルクランチのハンドルに挟まれて両腕を引き抜かれたかたちで発見され、即死だった。

宮間と葛城は現場から流山署へと移動する。署には回収された遺体と、その親族が待っている。

「古見千佳の父親です」

一階フロアの隅で会った古見は、感情を抑えるように唇を嚙《か》み締めていた。両親で本人確認をしたものの、母親は千佳の遺体の傍から離れようとしないと言う。

「今はアレもまともに話せる状態にないんで……わたしが知っていることは全部話します」

別室に誘って落ち着かせてから話を聞くと、古見千佳は出戻りということだった。

「四年前に屋代《やしろ》という男と恋愛結婚したんですが、早い話、娘の眼鏡《めがね》違いで半年もするといがみ合いを始めたみたいです。子どもでもできれば夫婦仲もよくなるんじゃないかと期待しておったんですが、遂に子宝にも恵まれませんでした。それで亭主の方が外に女を作りよりまして」

よくある話だと思った。

「渡りに船という言い方は何なんですが、気持ちの離れた者同士が一緒に暮らしていてもお互いに良くない。昨年協議離婚が成立して、千佳は実家に出戻ってきました」

「あのフィットネスクラブに通い始めたのはいつ頃からですか」

宮間は父親の感情に気を配りながら質問を続ける。一刻も早く古見千佳が殺されなくてはならなかった理由を知りたいが、焦って父親を激昂《げっこう》させては元も子もない。

「出戻ってひと月も経った頃でしょうか。実家に戻れば炊事洗濯は母親がやりますから、千佳は食っちゃ寝、食っちゃ寝を繰り返すばかりで下腹にずいぶん余裕ができたんですよ。ある日、千佳がこのままじゃブタになると一念発起してジムに通い始めたんです」

「あの自転車は結構年季が入っていますね」

「ありゃあ元は母親のモンですよ。しばらく野ざらしだったのを千佳が、ダイエットにうってつけだって自分のものにしました」

「ジム通いは順調でしたか。会員の中にとりわけ仲のいい人がいたとか、逆に犬猿の仲の人がいたとか」

「娘はストイックなところがありまして、一度目標を決めると脇目も振らずに邁進《まいしん》するタイプでした。会員同士の付き合いはダイエットの邪魔になるとかで、おしゃべりにも参加せず、ひたすらトレーニング・マシン相手に精を出していたようです」

会話がなければ人間関係も成立しない。マシンだけを相手にしていれば他の会員と親密にも険悪にもならないだろう。

「思ったことは何でもすぐ口にする娘でしたから。前の亭主との折り合いが悪くなった原因の一つがそれです。ジムで気に食わなかったり腹が立ったりすれば遠慮なくわたしらに話したでしょう。でも、そういう話は一切聞いておりません」

「失礼ですが、千佳さんは誰かに恨まれたり憎まれたりはしませんでしたか」

「裏表のない人間だったので、あの物言いに気を悪くする者もいたでしょうなあ。しかし地元の人間とは気心も知れているし、出戻った事情は本人が陽気に触れ回ってましたから陰口を叩く者もいませんでしたし、こっちでは敵を作らなかったようです。何やかんや言っても、地元というのは居心地《いごこち》のいいものですから」

地元の人間関係が嫌で嫌で堪らなかった宮間は、そんなものかと思う。人によって故郷に対する想いは様々なのだろう。

地元に面倒な人間関係がなかったのであれば、やはり気になるのは有働さゆりとの関連だ。宮間は有働さゆりの手配写真を取り出して、古見の眼前に翳してみせる。

「この女性に見覚えはありませんか。千佳さんの知り合いだったり、実家を訪ねたりとかはありませんでしたか」

古見は写真を矯《た》めつ眇《すが》めつしていたが、やがて首を横に振った。

「すみません。見たことのない人です」

「じゃあ、この三人はどうですか」

続けて古見に見せたのは、日坂浩一議員・高濱幸見・大塚久博の写真だった。三人のうち一人でも面識があれば線が繋がる。

だが、古見は三人の写真にも反応が薄い。

「……見たことのない人ばかりです。あ、いや、日坂議員はテレビで見かけたことはありますが、千佳とは縁もゆかりもありませんよ」

予想された反応とは言え、宮間は失意で気が重くなる。

その後、時間を空けて母親にも同様の質問をぶつけてみたが、結果は変わらずだった。

次に話を訊いたのは同じフロアで汗を流していた荻野多恵子だ。多恵子への事情聴取は緊急搬送された病院のベッドで行われた。

幸い多恵子は左腕骨折と全身の擦過傷だけで重篤な怪我はしていなかった。ただし肉体的にはともかく精神的なダメージが色濃く残っているようだった。顔色が優れず未だに目がガス爆発の恐怖に彩られている。

「まだ治療中だというのに申し訳ありません。警視庁刑事部捜査一課の宮間と言います」

「葛城です」

「警視庁、ですか」

多恵子は不思議そうに返してくる。

「流山署の刑事さんじゃないって、ただのガス爆発じゃないんですか」

「それを捜査しているんです。爆発の寸前までレディースフロアにいらっしゃったんですよね。何かお気づきになった点とかありませんか」

「わたし、レッグプレスしている最中でした。フロアには他に古見さんと須美野さんと倉間さんがいてそれぞれのメニューをこなしていました。そのうち床下から大太鼓のような音がしたかと思ったら、いきなりマシンごと身体が浮き上がって……」

当時の記憶が甦ったのか、多恵子は声を詰まらせる。みるみるうちに顔を強張らせていやいやをするように首を振る。

彼女の興奮が収まるのを待って、宮間は質問を再開する。

「古見千佳さんとはよく話をしましたか」

「いいえ。古見さんはとにかくダイエットに熱心な人で、会員の誰とも話をせず黙々とトレーニングを続ける人でした」

父親も同じ内容の証言をしているので、これは信用していいだろう。そうなれば自ずと質問の幅も狭まってくる。

「最近、この写真の女性を見かけませんでしたか」

有働さゆりの写真を見せると、多恵子はしばらく眺めた後、首を横に振った。

同じ病棟には、これも九死に一生を得た鈴木馬之も担ぎ込まれていた。まだ二十代で、パジャマの上からでも筋肉質の身体であるのが分かる。

宮間と葛城は彼にも同様の質問をしたが、そもそも会員同士でもフロアが違っていれば会話どころか接触もないと言う。

「中には助兵衛《すけべえ》心でジムに通う人もいるみたいですが、女性会員は真面目《まじめ》な人が多くて相手にされない印象でした。変なビデオの見過ぎですよ」

爆発時の状況を訊いてみると、当時鈴木はストレッチの最中でトレーニング・マシンから離れていたらしい。

「単身で吹っ飛ばされたのが幸いしたんでしょうね。古場さんや佐々木さんはマシンごと飛ばされて圧死したみたいですから」

念のため鈴木にも有働さゆりの写真を見せたが、彼からも目ぼしい回答は得られなかった。

流山署に戻った二人は古見千佳以外の四人の犠牲者についても、身元確認者との対面に付き合うことになった。肉体の損傷具合が激しい者もいて、身元確認を依頼するにも時間を要したのだ。特に古場は千切れた頭部が瓦礫の下敷きになり判別不能となったため、トレーニングウェアと首から下の特徴だけで身元確認をしなければならなかった。

佐々木義武の場合は少しだけましで首から上は綺麗なままだった。しかし全身を複雑骨折しているため仰臥位《ぎょうがい》でも体形の歪《いびつ》さは隠しようもない。呼ばれた妻と娘は、その異様さに一瞬何かの悪戯かと思ったらしい。

須美野朱里の身元確認にやってきたのは同居している夫と姑《しゅうとめ》だった。夫は朱里の亡骸に対面すると人並みに悲しんでみせたものの、姑の方は本当に確認しただけで涙一つ浮かべなかった。

姑が中座した隙に夫が洩らした事情はこうだ。

「女房はずっと姑と折り合いが悪くて。フィットネスクラブに通ったのも、家にいると姑とのいざこざが絶えないからだったんです。会員さんの誰かと話すでもなく、身体を鍛えるでもなく、何にも干渉されないのがいいと言ってました。きっと唯一、気の休まる時間だったんでしょう」

ふと宮間は問い質してやりたくなった。

夫は面目なさそうに言うが、家に朱里の居場所がなかったのは、夫の方も姑に依存していたからではないのか。

倉間佳織はアパートの一人暮らしで家族と呼べる者はいなかった。身元確認に呼ばれた管理人の話によれば、結婚して娘もいたらしいが夫の家庭内暴力に耐えかねて逃げ出したらしい。離婚が成立してからは実家のあった菅平に戻り、以後は独身生活を満喫していたようだ。

古場堅市・佐々木義武・須美野朱里の親族にも有働さゆりの写真を見せたが、いずれも首を横に振るだけだった。

2

防犯カメラの設置場所には優先順位があり、やはり繁華街や犯罪多発地域が筆頭にくる。爆発の起きた菅平はいずれにも該当せず、付近には一台も設置されていなかった。

「きっぱり亭主とも別れて実家暮らし。誰からも憎まれず憎みもしない。大した財産もなければ、本人は群れを嫌う健康志向か」

桐島は皮肉たっぷりに愚痴る。この物言いには慣れているつもりだが、考えてみれば桐島からは皮肉と揶揄と不満しか聞いたことがない。同じ班長である麻生も年がら年中、苦虫を嚙み潰したような顔をしているが、それでも時折は軽口を叩いたり戸惑いの表情を見せたりするのでまだ気安さがある。

「これで、もう四人目だ。それなのに四人を繋ぐ線が未だに摑めない」

桐島は捜査の膠着《こうちゃく》はお前たちのせいだと言わんばかりに宮間と葛城を睨《ね》め上げる。桐島と付き合いの長い宮藤ならさらりと聞き流すのだろうが、生憎宮間はまだその域に達していない。葛城は葛城で、生来の生真面目さから頭を下げたままでいる。

「日坂浩一、高濱幸見、大塚久博、そして古見千佳。各自番号を振られたからには必ず共通項があり、それが動機に直結しているはずだ。既に四つのヒントが出ている」

「古見千佳に関しても出身地、出身校、所属団体、SNS、思いつく限りを洗い出しました」

半ば詰問されているような状況下でも、葛城は慌てる様子もなく答える。

「しかし現状、どれ一つとして他の三名と共通するものは見当たりません。趣味、嗜好《しこう》、行きつけの店。そればかりじゃありません。出産を含めた通院歴まで調べ尽くしましたが、それでも何一つとして共通しないんです」

澱みない口調は、いかに葛城が一つ一つの可能性を几帳面《きちょうめん》に潰してきたかの証《あかし》だった。

「何か考えがありそうだな」

「被害者一人一人に番号が振られているので、我々は当該者間に関連を見出そうと苦戦しています。しかし、それ自体が犯人の目的だとしたらどうでしょうか」

「捜査の攪乱《かくらん》が目的だというのか」

「はい」

葛城の推測は一度ならず宮間や宮藤にも開陳されている。犯人有働さゆりの目的は復讐でも金銭目的でもなく、ただ捜査を攪乱して次の犯行を容易にするためだ——拍子抜けの感があるものの現段階では最も信憑性がある。

別の見方をすれば、犯人は大した理由もなく被害者に番号札を握らせているという解釈も成り立つ。それこそ八刑を脱走した有働さゆりに相応しい犯行態様と言えないこともない。

葛城が敢えて口にしなかった真意を見抜いてか、桐島は探るように二人を見上げる。

「所詮、健常者である我々に異常犯罪者の心理をトレースするのは不可能という文句か」

「文句とは言ってません」

「考えることを放棄するのは、次の犯行を予測できないと白旗を上げるようなものだ。刑事が脱走犯に嗤《わら》われたいか」

葛城は言いたいことを堪えるかのように唇を真一文字に締める。どこまでも忍耐強い男だと、宮間は先輩ながら感心する。

「管理官の機嫌がすこぶる悪い。捜査方針を打ち出そうにも材料が少な過ぎる。今はとにかく何か咥えてこい」


被害者とその遺族への事情聴取がひと通り終わると、次は山岸竹富の番だった。

年齢は六十八歳、小柄で剽軽《ひょうきん》そうな顔立ちはフィットネスクラブのオーナーというよりは、なるほど銭湯の番頭の方が似つかわしい。生まれながらの番頭というのはおそらくいないので、これは長年番台に座っていた残り香のようなものなのだろう。

「今回は、その、会員の皆様だけではなく、ご近所や警察の方にまでご迷惑をおかけしまして」

のっけから山岸は平身低頭の体だった。貧相な顔が尚更貧相に見える。

「迷惑なんて。別にあなたの不注意でボイラー室が爆発した訳じゃないでしょう」

「それはその通りなんですが、長年地域のお客さんに喜ばれようと商売をしている身には、とても辛いです」

山岸は年甲斐《としがい》もなく狼狽しており、さすがに宮間も気の毒に思えた。

山岸が申し訳なさそうにしている理由の一つは、山岸本人が無傷だからだろう。

「山岸さんの居宅はフィットネスクラブの建屋とは別棟だったんですね」

「親父《おやじ》が番頭だった頃からそうです。別棟でも今回の爆発で半壊しちまいましたが」

山岸は女房と二人暮らしだが、事件当日は運よく二人で買い出しに出掛けていて難を逃れた。幸運だと思うのは他人で、本人はそれすらも苦痛に感じているようだ。

「しかし山岸さんはオーナーでありながら事務も兼ねているんですよね。不在になるとクラブの留守番がいなくなるじゃないですか」

「トレーニングフロアへの入口は電子ロックになっていて、会員証がないと入室できないようになっています。もちろんメンズとレディースは別系統になっていて男性会員はメンズフロアにしか出入りできません」

「既存の会員はそれでいいとして、新規のお客が来たら対応に困るでしょう」

「お恥ずかしい話、新規会員なんてひと月に一人、あるかないかでして」

既存会員のみの出入りなら、入室記録はログとして残されホストコンピューターで一括管理できる。事務員不在でも問題がないというのも納得がいく。

「居宅が半壊されたということですが」

「屋根の一部が吹っ飛んだ挙句、あちこちの壁に罅《ひび》が入りました。あれだと、小さな地震にも耐えられんでしょう。一応建物のかたちはしていますが、とても住めたもんじゃありません。今は親戚の家に転がり込んでいる始末です」

「ボイラーには爆薬が仕掛けられていたようです」

事故原因について言及するのはそれが初めてだった。山岸は意外そうに目を剝《む》く。

「爆薬って……ボイラーが老朽化して破裂したんじゃないのですか」

「ボイラーが破裂したくらいで、あんな大惨事にはならないでしょうね。消防署の火災原因調査員はボイラーが人為的に爆破され、何らかの原因で室内に滞留していたメタンガスに引火したと結論づけました」

そんな、と言ったきり、山岸は呆《ほう》けたような顔をした。

「どんな恨みがあってそんなことを。大して繁盛していないジムですよ。同業者と競合している訳でもご近所の迷惑になっている訳でもないのに」

本人が不思議がるのも無理はない。

山岸の評判は既に近隣住民から訊いている。先代から受け継いだ銭湯は町内の社交場として長らく商いを続けていたが、各戸が風呂を備えるようになってからは経営が悪化、山岸が家業を継いだ時にはいつ廃業してもおかしくない状態だったらしい。それでも昔の風情を楽しみたい客のために細々と続けていたが、遂にフィットネスクラブへ衣替えしたのが五年前の話だ。

ところが悲しいかな、山岸は会員集めの方法を全くと言っていいほど知らなかった。銭湯なら、湯を張っていれば風呂好きが寄ってくる。だがフィットネスクラブとなれば顧客を開拓するためのノウハウが必要だ。

借金までして改装したフィットネスクラブだったが開店以来一度も黒字になったことがない。いつ潰れてもおかしくない状態なのに細々と続けているのは、もはや意地ではないかという声さえある。

ただし経営手腕とは別に、山岸夫婦の人物評は総じて好意的だった。お人好しで頼まれごとを断れない。寒空の下に佇むホームレスを見かねて、無料で風呂を提供する。地域の活動には率先して参加する。そういう人物だから自ずと人望も集まる。

「いったい、誰が爆薬なんて仕掛けるんですか。お蔭でわたしは亡くなった会員さんや近所に顔向けができない」

「山岸さんがお怒りになるのも無理はありません。ただ今回は山岸さんやフィットネスクラブが恨まれて云々の話ではなさそうなんです」

「どういうことですか」

「犯人の目的はフィットネスクラブの爆破ではなく、会員の誰かに危害を加えるためではなかったかと考えています」

「会員の誰か。そのためにわたしのジムを吹っ飛ばしたって言うんですか。中にいた会員七人をあんな目に遭わせたんですか」

「常人には思いもつかないことですが、そういう犯罪者が現に存在するんです」

「ひどい。ひど過ぎる」

山岸は俯き加減になって憤りを吐き出す。

「何か、わたしにできることはありませんか」

「捜査に協力していただくのが一番です。その結果、犯人を逮捕できれば言うことなしですよ」

「しかし犯人を捕まえたとしても、亡くなった会員さんが生き返る訳じゃない。近所にかけた迷惑を弁償できる訳じゃない」

「ええ。しかし亡くなった人の供養にはなります。物的被害に遭われた住民も、それで区切りをつけることができる」

やがて山岸は神妙に頷いてみせた。

「でも、わたしにできる協力なんてあるんですか。事故が発生した時には外出していたから、碌に証言もできませんよ」

「まずホストコンピューターのデータを提出してください。入退室の記録を見たいので」

「それだけですか」

「トレーニングフロアに防犯カメラを設置されていませんでしたか。現場があんな状態だったのでカメラの残骸さえまだ見つけられずにいます」

「防犯カメラは初めから設置していません。フロアへの入退室にＩＣカードを導入すれば、それで充分防犯になると考えたので」

山岸は面目なさそうだが、トレーニングの場にカメラを設えることに抵抗を覚える者もいるだろうから、これは納得できる。

「では建物図面を提出してください。爆破以前、地下がどんな配置だったのか早急に知りたい」

「分かりました」

「それともう一つ。部外者がボイラー室に侵入することは可能ですか」

すると山岸は急にばつの悪そうな顔をした。

「ボイラー室はトレーニングフロアの真下にあります。もちろん施錠できるのですが、銭湯を営んでいる時ほどは出入りしなくなったので、戸締りが疎《おろそ》かになっていました。正直、事故当時に施錠していたかどうか、はっきり憶えていません。はい」


関係者への事情聴取が終わったものの、肝心の手掛かりは何一つ入手できずにいた。真鍮製プレートの存在で有働さゆりの犯行であるのは分かるが立証ができない。

事件発生から二日後、鑑識からようやく目ぼしい報告が上がってきた。爆発現場から離れているが、最寄り駅の防犯カメラの映像データに有働さゆりらしき人物が映っているというのだ。

「例の時空間データ横断プロファイリングを利用しました」

桐島たちの前で鑑識の笹村は説明を始める。大型バス爆破事件の際、試験的に採用した分析システムが運用を重ねることで本採用に繋がっていく。宮間はその現場を目の当たりにしている気分だった。

「既に数値化された有働さゆりの行動パターンを映像データに入力しました。その結果がこちらです」

持ち込まれたパソコンの画面に防犯カメラの映像が表示される。撮影の日時は八月十日午後一時三十分。フィットネスクラブ爆発のおよそ一時間前だ。

駅の利用客が右へ左へと行き来する中、ロングカーディガンを羽織った女の姿が黄色の枠線で囲まれる。提げているのは小さめのバッグだ。

「横断プロファイリングが有働さゆりを認識しました」

帽子を目深に被っているので人相は分からない。だが以前と同様、最新の分析システムの目からは逃れようがない。

有働さゆりと思しき女は駅と逆方向に横切っていく。駅から現場までは徒歩で十五分程度。〈ヤマギシ・フィットネスクラブ〉のボイラー室に赴いてひと仕事するには充分間に合う。

「これは現場に向かう時の映像だろう。戻ってきた時の映像はないのか」

桐島の指摘に笹村は表情を曇らせる。

「それが、有働さゆりを捉えた映像はこれっきりなんです。これ以降は何もありません」

「何だと」

「どういう道筋を辿ったのか、駅から現場までには防犯カメラを設えたコンビニエンスストアや銀行があり、往来を行き来する通行人の姿を捉えているのに、横断プロファイリングは有働さゆりの姿を認識できていません。おそらく犯行後は来た道とは別のルートで逃亡したのではないでしょうか」

「もう一つ気になることがある。この映像を見る限り、有働さゆりが持っているのはバッグだけだ。この中に軽質ナフサやら起爆装置やらが入るのか」

「事故現場で採取したボイラーの容器は正式には無圧温水缶ボイラーと呼称されるもので、外壁は八センチ厚にも及びます。これを外側から破壊するとなると相当な量の爆薬を必要とします」

桐島は苛立ちを隠そうともしなかった。

「このバッグに入るのか、入らないのか」

「模擬爆弾を試作して容量を確認してみます。もう少々お時間をください」

少し早口で喋ると、これ以上の長居は無用とばかりに笹村はそそくさと刑事部屋から退出してしまった。

「見つかるのは決め手にならないものばかりだ」

桐島は班の全員を詰るように言う。つまりは桐島も津村課長や村瀬管理官から同様に詰られている証拠だった。

組織への不満は上にいくほど減衰し、ストレスは下にいくほど増加する。現場で靴底をすり減らす宮間たちも、そろそろ限界が近づいていた。先の三件が解決しないうちに七人の死傷者を出した今回の事件は、間違いなく桐島班の士気と体力を蝕んでいた。

3

「模擬爆弾を試作してみましたが、あの規模の爆破に必要な爆薬および装置一式は件のバッグにぎりぎり収まるようですね」

桐島と宮間の前に立って、笹村は報告を始めた。

「しかしながら容疑者が携えたバッグはさほど膨らんでいるようには見えません」

「つまり、どっちなんだ」

桐島から問い詰められると笹村は当惑の表情を見せた。

「我々鑑識係は可能性を提示するものであって、結論や判断を下すことは……」

「もういい」

勇み足であるのを悟ってか、桐島はすぐに前言を引っ込めた。桐島の焦燥は宮間にも理解できる。日坂議員の事件から数えて四件目、容疑者は浮上したものの、未だ身柄の確保に至っていない。しかもこちらに揃っているのは状況証拠ばかりで、容疑者の犯行であることを示す物的証拠は依然として見つかっていない。このまま捜査が暗礁に乗り上げれば、仮に容疑者が逮捕できたとしても公判を維持できるかどうかは甚だ心許ない。

線だ、と桐島は独り言のように呟く。

「日坂議員から古見千佳までに至る四人の関係性さえ掴めれば検察側有利で公判を進められる」

この焦燥もまた理解できる。四人を殺さなければならなかった理由、即ち動機の解明も捜査本部を悩ませている種だった。


「まだ線は繋がらないのか」

この日の捜査会議の席上、村瀬は苛立ちを隠さなかった。口調は普段通りでも、捜査員に向けた言葉には角がある。

「そもそも容疑者と見做《みな》される有働さゆりは八刑から脱走した人間だ。今回の連続テロについても、下手に刑法第三十九条を持ち出されたら公判を闘えない。だが有働さゆりが明確な意図の下に四人の被害者を選んでいたことが立証できれば光明を見出せる」

八刑に収容される寸前、有働さゆりは精神鑑定を受けている。だが脱走した今、どのような精神状態になっているかは誰も知らない。刑法第三十九条の適用要件について、最高裁は被告人の犯行当時の病状、犯行前の生活状態、犯行の動機・態様等を総合して判定することができると判例で述べている。従って有働さゆりが犯行当時、明確な動機の下で計画的犯行に及んだとなれば話は違ってくるという計算だ。無論、有働さゆりの弁護人はあの御子柴礼司なので油断は禁物だが、有罪判決を引き出す大きな材料になるのは確かだった。

村瀬の問いに答えられる者はいない。横に座る根岸に至っては目を閉じて聞こえないようなふりをしている。

「知っての通り、有働さゆりは数年前に飯能市で事件を起こした。あのまま起訴されていれば間違いなく極刑だっただろう。ところが精神鑑定が全てを覆した。被害者とその遺族の落胆は計り知れない。だが」

村瀬の次の言葉は容易に想像できた。

「本件を法廷に持ち込むことができれば、過去の事件を含めて有働さゆりを罰することができる。被害者たちだけではない。当時の事件を担当した埼玉県警とさいたま地検の無念を晴らすことにもなる」

居並ぶ捜査員たちは何も言わないが、おそらくは宮間同様、村瀬の言葉に頷いている。

刑法第三十九条について思うことは捜査員それぞれだろう。しかし精神鑑定が鑑定医と被験者の質疑応答で行われることは全員が承知している。苦労して逮捕した容疑者が質疑応答だけで心神喪失状態と診断され、刑罰を免れることの理不尽さを身に染みて知っている。

「今更言うまでもないが、今回の事件はいずれも計画的犯行だ。第一の事件で使用されたシアン化カリウム。第二第三、そして第四の事件で使用された軽質ナフサ。被害者の許にあった番号札。とてもじゃないが心神喪失状態の患者ができる仕事ではない。言い換えれば、有働さゆりの精神疾患は詐病だった可能性も否めない」

これもまた捜査員一同の疑念を代弁する言葉で頷かざるを得ない。だからこそ、いささか時代がかった弔い合戦などという単語が頭から離れない。

「捜査員の中には、有働さゆりが捜査を攪乱するために無関係な四人を犠牲者に選んだのではないかとの意見を持つ者もいる。捜査方針とは方向を異にするが、わたしとしては一聴に値する意見だと考える。何故なら捜査を攪乱するという発想自体、単に健常者というだけでなく知的レベルが高いことの証左だからだ」

離れた場所に座っていた葛城が少し驚いたように壇上を見る。捜査員の愚痴や疑念を決して聞き漏らさず、有益ならば必ず捜査に反映させる。村瀬は何を考えているのか他人に読ませない男だが、一方で捜査員の小さな声を拾う細やかさも兼ね備えているため、畏れられているが決して嫌われていない。

「ただし一つ一つの事件を吟味していくと捜査を攪乱する目的にしては手が込み過ぎている。富士見インペリアルホテルでは毒物を準備する以外にも、会場の設備や式次第、そして逃走経路を事前に調べておく必要がある。大型バス爆破事件では経路と各停留所の停車時間、そして座席配置。校舎放火事件では夜間の警備体制も知っておかなくてはならない。まだある。それぞれ犯行現場に至るまで防犯カメラの有無と設置場所を把握しておかなければならない。これを有働さゆり一人で行ったとするなら大変な労力だ。準備期間も相当なものになる。それらすべてが捜査の攪乱を目的としているというのは合理性に欠ける」

犯罪は一種の経済だと聞いたことがある。つまり最小の努力で最大の利益を得る法則に則《のっと》って犯罪が行われるという主旨だ。確かに数多《あまた》の犯罪者は可能な限り労力を削減しようとする。その伝で言えば、葛城の立てた仮説は確かにコストパフォーマンスが低い。

「以上、捜査方針に変更はない。富士見インペリアルホテルの事件まで遡り被害者たちを結ぶ線、ならびに有働さゆりとの関連を徹底的に調べ上げる」

会議が解散すると、宮間は桐島から爆発現場の再捜査を命じられた。既に鑑識と火災原因調査員が調べ尽くした跡に何が残っているかは甚だ心許ないが、現場百遍の教訓に逆らえるほどのキャリアは持ち合わせていない。

「葛城を同行させる。とにかく新しいブツを咥えてこい」

「村瀬管理官、いつになく苛立っていましたね」

「外部の雑音に強いはずだが、さすがに省絡みになると平静を貫くのは難しくなる」

村瀬の苛立ちに毒気を抜かれたのか、珍しく桐島も本音らしきものを覗かせる。村瀬も桐島も感情を表に出さないことが無言の圧力になっているのだが、今回ばかりは二人とも鉄仮面が剝がれかけた印象がある。

「省絡みというのは何ですか」

「法務省から公安委員会を通じて、総監に懸念が伝えられたらしい」

桐島は吐き捨てるように言う。

「一度は精神鑑定で責任能力なしと診断された容疑者が医療刑務所を脱走した後、次々と犯行を繰り返している。さっきも管理官が口にしたが、有働さゆりの精神疾患は詐病だったという疑いが生じている。これが何を意味するか分かるか」

「精神鑑定の信憑性に疑念があるということですか」

「精神鑑定を認めたのも、その診断結果を受理したのも裁判所だ。ところが心神喪失状態と思われた人間によって、大量殺戮《さつりく》が行われた。まだ有働さゆりの名前は表に出ていないが、一連の事件の犯人として公になった途端、裁判所への風当たりが強くなるのは必至だ」

裁判所を所管する法務省としては、傷がこれ以上深くなる前に有働さゆりの身柄を確保したい。その上で今度こそ彼女を断罪しなければ裁判所延《ひ》いては省の面子《メンツ》にも関わるという訳か。

「ただのサイコが引き起こしている事件じゃない。法務省が責任能力なしと判断した人間の犯罪だ。言葉を換えれば法務省自らがバケモノを野に放ったことになる。そのバケモノが善良なる市民を次々食い殺していけば、いずれ責任の所在を問われる。霞が関の連中はそれが怖くて怖くて仕方ないんだ」


既に鑑識があらかたを浚っていったものの、〈ヤマギシ・フィットネスクラブ〉のあった場所には、まだ立ち入り禁止のテープが張られたままだった。

「何度見ても壮絶ですね」

葛城は感に堪えたように言う。

ガス爆発は建物を焼くだけではなく、内部のほとんど全てを薙ぎ払ってしまう。加えて爆心地が地下のボイラー室であったため半径五メートルに亘って、ぽっかりと穴が開いている。まるで空爆を受けたような有様に、宮間も一瞬言葉を失う。

事故からはや数日が経過したというのに、未だ辺り一面に煤《すす》と燃焼臭が漂っている。肉の焦げた臭いが消えているのがせめてもの救いだ。オーナーの山岸は近所への迷惑をひたすら心配していたが、悪臭拡散の件を含んでのことかもしれない。

「おおかたの物的証拠は焼かれ、吹き飛ばされ、その上消火剤と放水で洗い流されている。そりゃあ鑑識課もげんなりするだろうな」

実際、鑑識課が現場から採取できたのはボイラーの破片に付着した軽質ナフサの成分と起爆装置の一部だけだった。現場に立ち入ったであろう有働さゆりの毛髪なり体液なりが採取できれば御の字だったが、そうそう都合のいい展開にはならない。

黄色いテープを潜《くぐ》る前に、葛城は合掌して首を垂れる。

「もう、死体は遺族の許に返されているんだけどな」

「それでも、この場所で五人も亡くなっていると思うと……」

信心深い家に生まれたのか、それとも心根が優しいのか。いずれにしても血腥《ちなまぐさ》い犯罪現場にはとことん似合わない男だと思った。

宮間は葛城を伴って急ごしらえの梯子《はしご》で地下へと降りていく。爆心地に近づけば近づくほど異臭が強くなっていく。ボイラーのあった場所などはまだ油性の臭いが残存している。

燃えカスや瓦礫の類は搬出され、床が綺麗に露出している。搬出された瓦礫の量は軽トラ一台分だったということだが、鑑識はその瓦礫全てに目を通している。聞くだに気の遠くなる話で、犯罪捜査に関わる者は誰もが乾草《ほしくさ》の山の中から針を探すような苦労をしているのだと改めて思う。

「班長から新しいブツを咥えて帰ってこいと言われました」

「俺も以下同文だよ」

「命令の意味も重要性も分かっていますけど、鑑識の通った後にはペンペン草も生えていませんよね」

「地表どころか、土を掘り返してでも見つけてこいって話だな」

持参したライトを片手に、二人で床の上を捜索する。こうした広い場所での遺留品捜索の場合は一人を縦方向に、もう一人を横方向に配置し、グリッド状に進んでいく。枡目《ますめ》を一つずつ潰していけば探し忘れる場所はなくなるからだ。

しかし捜索開始から三十分が経過しても目ぼしいものは見つからない。屈んだ姿勢で移動するため、そろそろ腰が辛くなってきた。

小休憩を提案しようとしたその時だった。

二人が腰を落としている床に、一瞬フラッシュが浴びせられた。

見上げれば、穴の上でデジタルカメラを構えた人影があった。

「どなたですか」

最初に誰何《すいか》したのは葛城だった。

「一般の方は立ち入り禁止のはずですよ」

「いやあ、どうもすみません。わたしも仕事なもので」

悪気のなさそうな声だが放っておくこともできない。二人は作業を中断して地上に戻る。

穏やかな面立ちの男だった。半袖シャツでカバンを提げた姿はどこかの営業マンにしか見えない。

「どんな仕事かは知りませんが困りますよ。まだ捜査は終わっていないんですから」

宮間の注意を受けても男はいささかも動じる気配はない。話すきっかけを得て喜んでいる様子でさえある。

「わたし、こういう者です」

男が差し出した名刺には〈カガミ保険調査所　茅吹政美《かやぶきまさみ》〉とあった。

「保険調査員の茅吹と申します」

保険調査員というのは比較的新しい職業だった。正確には二〇〇七年に施行された探偵業法に基づくもので、大手保険会社の依頼で保険金の掛けられた案件について調査をする。つまりは保険関係専門の探偵といったところか。

「ということは、今回の事故で被害者の誰かについて調べている訳ですか」

宮間は警察手帳を提示して尋ねる。

「まあ、そういったところです」

「対象は誰ですか」

「それはちょっと。クライアントの守秘義務がありますので」

「見ての通り、掛け値なしのガス爆発ですよ。被害状況は人によって異なりますが、事故の犠牲になったのは間違いありませんよ」

「事故。それにしては発生から数日経っているというのに未だ警察が動いている。しかも所轄の流山署ではなく警視庁がですよね」

くそ。提示したのは早計だったか。

今回の事件に関して警察がマスコミ向けに発表したのはボイラー室を爆心地とした引火爆発の事実のみであり、先の事件との関連も軽質ナフサの存在も伏せてある。従って民間の調査会社が何もしらないのも無理はないが、中には茅吹のように勘の鋭い者もいる。

「掛け値なしのガス爆発というのは同感ですよ。仕事柄似たような事例を何度か目にしましたが、本当に跡形もなく吹っ飛んでしまって、調べるにも調べようがない」

茅吹は地下のボイラー室を見下ろして空しそうに呟く。

「亡くなった方には死亡診断書、そうでない方にもそれぞれ医師の診断書が発行されているはずですよ」

「死亡原因については何ら疑念を持ちません。診断書を書いた先生方は、わたしも知っている優秀で誠意あるお医者様ですから」

「じゃあ何を調べているんですか」

「この爆発が本当に事故なのかどうか。事故でないとすれば、何者の作為が働いているのか。新聞にはボイラーの爆発がガスの引火を招いた疑いとありますが、肝心のボイラーが押収されていてはどうしようもありません」

「いち早く結論付けたのは火災原因調査員でしたよ」

「同じ調査員でも向こうは公務員、こちらは民間。両者を隔てる壁は厚うございまして、なかなか弊社の質問にお答えいただけません」

「あなたのクライアント同様、消防署や警察にも守秘義務がありますからね」

「事故かそれとも事件なのか。クライアントを大いに悩ませる二択問題ですよ。だが、ここで警視庁のお二人に見《まみ》えたことで事件性が濃厚になりました」

宮間は葛城と視線を交わす。

〈カガミ保険調査所〉のクライアントが調査を依頼したのは、背景に契約への疑惑があるからだ。直ちに思いつく可能性は次の二つだ。
1　死亡保険金の受取人が有働さゆりと結託して事件を起こした。
2　契約者自らが被害者となって保険金を騙《だま》し取る。有働さゆりと結託しているのは1と同じ。
「いったいいくらの保険金が下りるんですか」

「それも守秘義務ですが、わざわざ調査員を雇うんですから安い案件でないのは確かですね。それより警察では人為的な爆発であることの証拠を握っているんですか」

「それは守秘義務というより捜査情報ですよ」

茅吹と話していると、次第に苛立ちが募ってくる。双方とも相手の欲する情報を握っていながら守秘義務という壁に遮られて交わることができない。隔靴掻痒《かっかそうよう》とはこのことだ。茅吹も同様に考えているのか、眉の辺りがじれったそうにしている。

睨み合いが続くかと思われた時、葛城が二人の間に割って入った。

「守秘義務を軽んじるつもりはありませんが、これだけ被害が出ている案件で公務員と民間が断絶するのは、お互いに不利益ではないでしょうか」

何を言い出すかと思ったが、葛城の声は柔和で抵抗がないのでつい聞き入ってしまう。

「たとえば捜査情報にしてもしばらく経てば公表せざるを得なくなるものがあります。生命保険の契約情報にしても、捜査関係事項照会書が届けば回答せざるを得ないものがあります。仮に、双方に有益な情報がもたらされるとしたら、そちらのクライアントも納得するのではありませんか」

「それはまあ、確かに」

茅吹は明らかに安堵していた。

一方、宮間も頭の中でメリットとデメリットを洗い出す。大抵の情報はいずれ何らかのかたちで流出する。何より重要なのは公表するタイミングだ。茅吹の側が警察と同様守秘義務に縛られているのであれば、少なくとも世間やマスコミに漏れることもない。それは警察側も同じであり、おそらくは茅吹もそう考えているに違いない。

「共通しているのは、今回の案件に隠れている悪意を炙《あぶ》り出すことじゃありませんか」

葛城の言葉が決定打となった。宮間と茅吹は互いに浅く頷き合う。

地上では人目があるので、三人は地下へと移動する。ここなら普通に話していても地上に届く惧れはない。

「茅吹さん、まず教えてくれ。あなたのクライアントは契約者を疑っているのか。それとも受取人を疑っているのか」

「両方ですね」

「疑っている根拠は」

「契約締結は新しいものではないのですが、契約内容が変更されているのですよ。それもつい先月に。掛け金も受取金額もほぼ倍になっています」

「先月というのは、いかにもあからさまですね。クライアントは変更時に怪しまなかったんですか」

「申し込み事由は真っ当なものだったし、こういう疑いは異変が生じた後でなければ出てこないのですよ。仮に担当者が何か引っ掛かりを覚えたとしても、その度に調査を依頼したのでは経費倒れになりかねませんから。ただ、保険金を払う段になって調査を依頼される案件は、その九割がクロですよ」

茅吹は自嘲気味に笑ってみせる。

「さて、今度はわたしがお訊きする番です。この爆発は何者かの作為によるものと考えてよろしいですね」

「ええ。事故ではなく事件です」

「具体的にはどんな作為ですか」

「ボイラーに爆薬が仕掛けられていたのですよ」

「容疑者は特定できているんですか」

「捜査線上に浮かんでいる人物はいますが、まだ特定には至っていません。何しろ現場がこの有様ですからね」

状況から後の言葉を察したらしく、茅吹は訳知り顔で頷く。

「特定には至らないまでも、容疑者として浮上した理由は何ですか」

「札付きですよ。今回に限らず複数の事件で容疑者となっていますが、その人物が駅から現場方向に向かっている姿が防犯カメラに捉えられています」

「札付き、ですか。するとクライアントが懸念している状況とは少し違ってきますね。契約者にしても受取人にしても、警察からマークされ続けている人物ではありませんし」

「いったい、クライアントと茅吹さんが調査対象としているのは誰なんですか」

「〈ヤマギシ・フィットネスクラブ〉のオーナー、山岸竹富氏ですよ」

意外な名前が出た。

「山岸氏は銭湯からフィットネスクラブに改装した時から火災保険に加入していました。ご存じかもしれませんが、保険金額は建物評価額と同額で設定することがほとんどです。従って保険対象の建物・家財が全焼してしまった場合は、契約時に設定した保険金額つまり保険金支払の上限額の全額が支払われます。ところが当初、山岸氏は月々の保険料を抑えるため、保険金額を建物評価額より小さく設定していたのです」

「それじゃあ契約内容の変更というのは」

「ええ、保険金額を建物評価額と同額に設定し直したんです。具体的には受取金額が従前の七千五百万円から一億五千万円に跳ね上がっていますよ」

4

茅吹からの情報提供を受けて事態は急展開を迎えた。

まず〈ヤマギシ・フィットネスクラブ〉の建物を対象とした火災保険の内容確認、次いで山岸の身辺調査が改めて行われた。

山岸が任意出頭に応じたのは八月十五日のことだった。

「お呼び立てしてすみません」

尋問は宮間、記録係は葛城。事前に三交替制のシフトを組んでいるが、宮間は自分の回で完落ちさせるつもりで臨む。

「わたしについてはもう取り調べは終わったと思っていたんですが」

「新しい事実が出てくると、本人に確認しなければいけないんです。たとえばフィットネスクラブに掛けられた火災保険の件とか」

山岸の顔色が一変する。

「保険会社に確認が取れました。先月の八日に保険金額を七千五百万円から一億五千万円に変更していますよね」

「あれは最初の契約時、保険料を低くしようとして」

「ええ、それも聞いています。わたしたちが知りたいのは、どうして保険金額を上げたのかということです。新装成ったフィットネスクラブでしたが、ここ数年の売り上げはどうでしたか。失礼ながら爆発事故当時の利用者数を考慮しても、とても儲《もう》かっているようには思えませんが」

「同業他社でも繁盛しているのは、ＣＭをばんばん流しているごく一部ですよ。ウチみたいな零細はどこも苦労しています」

「経営が苦しいのに月々の保険料を上げるというのは矛盾していませんか。建物自体はまだまだ頑丈で、過去に台風や地震の被害に遭ったこともない」

「転ばぬ先の杖《つえ》というやつですよ。いつ超弩級《ちょうどきゅう》の台風がくるかもしれないし、何があるとも知れないでしょう。経費が多少多くなっても将来に備えるのが経営というものです」

山岸は憤然として言うが、虚勢を張っている体が否めない。

「第一ですね、極端に低く見積もっていた建物評価額を本来の水準に戻しただけですよ。それを殊更不審がられるのは心外ですよ」

「しかし山岸さん。契約内容が変更されたわずか一ケ月後にフィットネスクラブは爆発しました。偶然にしてはタイミングが良過ぎるような気がします」

「どんな疑いを持たれようが偶然は偶然ですよ。それ以上でもそれ以下でもありません」

山岸は不機嫌そうに顔を顰めるが、それすらも嘘臭く見える。それだけ宮間の質問に動揺している証と思えば小気味よさを覚える。

いいぞ、もっと慌てろ。

「では次の質問に答えてください。ボイラーの運転にはどんな燃料を使用していますか」

「A重油ですよ」

「いつも石油卸の店から購入していますよね」

「〈坂本《さかもと》石油〉さんです。銭湯を経営している頃からの商売相手で、それが続いている」

「今月の一日にも買っていますね」

「毎月一日と十五日に補充するように決めている」

「ええ、わたしも〈坂本石油〉さんからそう伺いました」

「わざわざ先方に確認したんですか」

「裏を取るのが警察の仕事ですから。それに向こうには伝票の控えが過去三年分保管されていました。因みに、これが今月一日付、伝票明細のコピーです」

宮間は用意していたファイルを机の上に広げる。

「早速、疑問が浮かびました。ボイラーの運転用にA重油を購入しているのは当然として、この日はいつもと違い、別の石油製品も買っています。この〈軽質ナフサ　二リットル〉というのは何の用途なのですか」

問題の箇所は伝票のほぼ中央に明記されている。山岸の視線はその部分に釘付けになって動かない。

「無圧温水缶ボイラーを導入している他の銭湯にも問い合わせてみましたが、軽質ナフサを使う機会は一切ないというのが一致した回答でした。中には軽質ナフサが何たるかを知らない人もいるくらいでした。山岸さん、あなたは二リットルもの軽質ナフサをいったい何に使用したんですか」

「知りません」

感情を無理に抑えた口調。取調室ではよく耳にする口調だ。

「あなたが買ったものでしょう」

「何度訊かれても知らないものは知りません」

「知らないと言い続けていれば逃げられると思っているのなら大間違いですよ」

既に山岸は護《まも》りに入っている。しかも防護壁には罅《ひび》が入っている。

「じゃあ、軽質ナフサなど知らないと言い張るんですね」

「ええ」

「容器に触れたこともありませんか」

「ありません」

「ところでボイラーの燃料補給はどなたがされるんですか」

「わたしの仕事ですよ。女房じゃ危なっかしくて」

「その際は素手で作業をするんですか」

「軍手を嵌めていますよ。重油ってのは手に付くと、なかなか臭いが取れないんだ」

「燃料補給が山岸さんの仕事なら、その軍手を使っているのも山岸さんだけなんですね」

「当然です」

「では、その軍手に軽質ナフサが付着していたら、どう抗弁するつもりですか」

山岸は急に黙り込む。おそらくボイラーに爆弾を設置する際、軍手に軽質ナフサが付着したかどうかを必死に思い出そうとしているのだろう。

追い打ちをかけるなら今だ。

「実はあなたの自宅について家宅捜索の令状が出ています」

宮間が令状を眼前に突き出すと、山岸は目を丸くした。

「今頃は他の捜査員がクラブの関連書類とあなたの私物を残らず押収していることでしょう。無論その中には件の軍手も含まれています」

「騙したのか」

「騙したとは人聞きの悪い。順番が多少入れ違っただけですよ。令状があればあなたも家宅捜索を拒むことができない」

正面から睨み据えると、山岸は目を泳がせた。証拠物件を押収され後は分析を待つだけとなれば、彼が心理的に追い詰められるのは必至だ。

「自白するなら早い方がいい」

宮間は一転、柔和な口調に切り替えた。

「下手な抗弁を繰り返せば報告しなきゃならないし、そうなれば法廷での心証も悪くなる。一方この場で自白しても自首は成立しないが、反省していることを示す情状の一つとして量刑上考慮される可能性がある。どちらが有利かは、あなたが考えてください」

山岸は俯き加減になったかと思うと、しばらく机に視線を落として沈黙していた。

宮間は長期戦になるのを覚悟して椅子に深く座る。葛城はキーを打つ手を止めて、二人の挙動に目を向ける。

「あんなに威力があるとは思わなかったんです」

沈黙を破ったのは山岸だった。

「最初から話してください。ボイラーに爆弾を仕掛けたのはあなたですね」

「はい」

「動機はやはり保険金ですか」

「心機一転立ち上げたフィットネスクラブでしたが思うように集客できず、毎年、赤字だったんです。銀行のローンも二ケ月滞り、このままではまた廃業しなきゃならなかった」

「それで火災保険に目を付けたんですね。保険金額を建物評価額と同額にした上で建屋が全焼すれば、保険金満額の一億五千万円が懐に入ってくる」

「一億五千万円もあればローンを返済してもおつりがきます。残った資金でまたやり直せると思ったんです」

「会員や近隣住民に対する損害賠償はどうする気なんですか」

「だから、まさかあんな大爆発になるなんて予想していなかったんですよ。ボイラーが爆発しても、せいぜい床が抜けて、地下から出火するだけ。出火すれば警報装置が働いて電子ロックは解除されて、会員さんもすぐに脱出できる。あの界隈《かいわい》はどこも狭い四メートル道路だから消防車両の到着が遅れる。それも織り込んでいたっていうのに」

爆発の規模だけが計算違いだったという訳か。

「死者五人と重軽傷者二名、近隣店舗と民家にも被害が出ています。良心は痛まなかったんですか」

「痛みましたよ。痛んだから怖くなって自首できなかったんですよお。被害の大きさを聞いた時、もう火災保険だけじゃ賠償しきれないのが分かった。何より人が五人も死んでるんです。もう償いようもない。だったら自首したところで意味ないじゃないですか」

身勝手で且つ矛盾した理屈だと思ったが、深くは追及しなかった。今は先に確かめなければならないことがある。

「フィットネスクラブ爆破の理由は分かりました。しかし、どうして古見千佳さんを狙ったのですか。彼女を四番目の犠牲者に選んだ理由は何だったんですか」

「え」

山岸は戸惑いの表情を見せる。とても演技とは思えなかった。

「え、じゃないでしょう。古見千佳さんの乗っていた自転車のカゴに番号を刻印した金属プレートを括りつけたのもあなたの仕業なんでしょう」

「それこそ全く身に覚えがありませんよ。何ですか金属製のプレートって。第一、どうしてわたしが古見さんを狙わなきゃいけないんですか。わたしは建屋さえ全焼すればよかった。人的被害は一切考えていなかったと、さっき自供したばかりじゃありませんか」

長らく取調室で容疑者と対峙していると、嘘吐きの特徴が分かるようになる。刑事の勘、などというものではない。表情筋の動き、不自然な動作、言葉の端々に生ずる緊張などを総合した印象だ。

山岸が偽証しているようにはとても見えない。念のため葛城に目線で確認しても、彼も同意見らしい。

「山岸さん。あなたはどこで爆弾の製造方法を知ったのですか」

「わたしは作ってません」

「コンビニやスーパーで売っているようなものじゃないでしょう」

「爆弾は完成品がそのまま送られてきたんです」

「詳しく」

「そもそも火災保険で負債を清算するというのは、わたしのアイデアじゃないんです。フィットネスクラブのホームページでブログをやっているんですが、ある日、経営コンサルタントを名乗る人からコメントをもらったんです。ブログの文面からは経営難に苦しむあなたの姿が垣間見える。もしよかったら相談に乗りたいと」

「それでクラブの台所事情を話したんですか」

「まさか。最初から全面的に気を許した訳じゃありませんよ。たとえ冗談でも経営に関することなので以後はＤＭでやり取りを続けたんですが、どうやら本物の経営コンサルタントらしいと分かって、それからはすっかり信用して話を聞くようになりました」

「じゃあ火災保険の組み直しの件も」

「ええ。経営が成り立たなくなったら、一度リセットした方が有利なんだと。建屋を全焼させて保険金を受け取るというのはわたしが言い出したアイデアなんですが」

違う、と宮間は思った。

自分のアイデアというのは山岸の思い込みに過ぎない。経営コンサルタントを名乗る人物に巧妙に誘導されて、保険金詐欺という選択をしてしまったのだ。

「ボイラーを破裂させるために爆弾製造を言い出したのもわたしです。ただ、そんな知識は欠片《かけら》もないと相談したら、爆弾の装置だけは準備してくれると返答があったんです。まさかと思いましたけど、翌日には宅配便で装置が送られてきました。後は自前で軽質ナフサ二リットルを用意すればよかった」

「では事故当日、あなたは爆弾を仕掛けた上で奥さんと外出し、出先で起爆させたんですね。時限爆弾ですか」

「いいえ。午後二時二十五分になったら、わたしがスマホで遠隔操作して起爆させました。アリバイ作りのため、時間を厳格に守るのが最重要だと指摘されました」

本人は気づいていないようだが、完全な操り人形にされている。判断を他人任せにし続けた人間は知らず知らずのうちにこうなってしまうのか。

「軽質ナフサ二リットル程度なら、せいぜい一階の床が吹き飛ぶ程度だとレクチャーされたんですが、まさかあんな大爆発になるなんて」

「爆弾は宅配便で送られてきたんですよね。送り主の氏名と住所はどうなっていましたか」

「住所はもう憶えていません。送り状は破棄してしまったし」

「その経営コンサルタントの名前を教えてください」

「〈アルテミス〉」

山岸は真面目くさった口調で言い放つ。

「それ、本名じゃないですよね」

「本名かどうかなんて興味もありませんでしたよ。わたしを経営難から救おうとしてくれた。それが一番大事なことだったんですから」

＊

八月十日午後一時三十分。

有働さゆりは改札口を出ると〈ヤマギシ・フィットネスクラブ〉の方角に向かって歩き出した。道すがら辺りに気を配るが防犯カメラは先に見つけた一台以降は確認できない。美智留が指示した道順は完璧だった。

真夏の陽射しの中、目深に被った帽子とロングカーディガンは見た目には暑苦しいだろうが、どちらも素材は麻なので蒸れもせず快適だ。こんな格好で外を歩くのは何年ぶりのことだろう。自宅でピアノ教室を開いていた頃以来ではないか。

久しぶりの解放感に身体が軽い。これから行うのは犯罪の一部に違いないのに、心が浮き立って仕方ない。人目がなければ鼻歌でも歌いそうになる。

狭い道路の角を何度か曲がると、やがて目標のフィットネスクラブが見えてきた。ただし今回の仕事はフィットネスクラブへの侵入ではない。

スマートフォンで時刻を確認する。現在、午後一時五十六分。

フィットネスクラブの駐車場に行くと自転車とバイクが不整列に並んでいる。さゆりは後部の泥除けを眺めて目的の自転車を探す。どんなに時間が掛かっても午後二時二十五分前にはここを立ち去らなければならない。

あった。ママチャリの後部泥除けに〈古見〉の名前。

さゆりはバッグから金属プレートを取り出すと、自転車のカゴに針金で括りつけた。

裏手に回ると地下ボイラー室に続くドアがあった。ノブに手を掛けると打ち合わせ通り施錠されていない。さゆりは懐中電灯を取り出して階段を下りていく。

ボイラー室の見取り図は頭に叩き込んでいた。迷うことなく温泉汲み上げ用のパイプを見つけた。

パイプに小型爆弾を括りつける。威力はさほどではないが、パイプに亀裂を走らせるくらいは簡単だ。

作業完了。今回の仕事はたったこれだけだ。

フィットネスクラブを後にしてしばらく歩いていると、背後から黒のワゴン車がそろそろと近づいてきた。さゆりに追いつくと同時に後部ドアが開いた。

中は冷房が効いていた。外を歩いている時にはさほど暑さを感じなかったが、冷気に晒されると自分の肌が相当に熱くなっているのが自覚できる。

「お疲れ様。首尾は」

「あんなの子どものお使い」

バックポケットにはいつも通り紙袋が挟み込んである。紙袋の中を検めると札束が見えた。帯封つきの百万円だ。

「子どもの使いなのに百万円なの」

「難易度じゃなく結果に対しての報酬。百万円は適正プライスだと思うけど」

美智留は当然といった口調で話す。毒を盛ろうが大型バスを爆破しようが、校舎の放火を見過ごそうが、美智留の支払う報酬にさほどの違いはない。あるとすれば前回のように直接の殺害行為が別個に一件とカウントされた時くらいだ。

車窓を眺めていると美智留がぼそりと呟いた。

「そろそろね」

午後二時十五分。

さゆりはスマートフォンでパイプに仕掛けた爆弾を起爆させた。これでボイラー室には亀裂から噴き出たメタンガスが充満するはずだった。

そして十分後。

微かに爆発音が聞こえた。手筈《てはず》通り、山岸の仕掛けた軽質ナフサの火がメタンガスに引火したのだろう。既にフィットネスクラブからは一キロ以上離れているはずだが、ここまで音が届いている。近隣住民も驚くだろうが、一番驚くのはボイラーの爆破を仕掛けた山岸自身に違いない。何しろ床に穴が開く程度と教えられたのに、建屋そのものが吹き飛ぶのだから。しかもガス爆発と軽質ナフサの執拗《しつよう》な燃焼によって、さゆりの仕掛けた爆弾は跡かたなく消滅する。

巧妙な計画だった。しかし計画の立案者である美智留は誇らしげに振る舞うこともなく、ドライブを楽しんでいるように口元を綻ばせている。

一方、さゆり自身も車窓に流れる景色を愉しんでいた。今の爆発で何人が死に、どれだけの建物に延焼するか想像する気にすらならない。

美智留と自分の似ているのはこの部分だ。二人とも殺戮や破壊に恐怖を感じない。恐怖に不感症だから、淡々と仕事を進められる。

加えて思考も似ている。

最初は美智留の目論見《もくろみ》も分からず、ただ指示通りに動いていた。しかし二件三件と依頼された仕事をこなすうちに彼女の狙いがうっすらと見えてきたのだ。大体の見当をつけても、さゆりは驚きもしなかった。

似た者同士。ただし世間一般からは怖れられる異質な者同士。

二人が出逢ったのは奇跡のようなものだと思った。

五　有働さゆり

1

「我々はこの国でのテロを容認してしまった」

捜査会議の席上、村瀬はいつもの口調でこう切り出した。ただし、居並ぶ捜査員たちは村瀬が感情を押し殺しているのを知っている。

「富士見インペリアルホテルの大量毒殺事件に端を発し、〈ヤマギシ・フィットネスクラブ〉の爆破に至るまで、実に四十九人にも及ぶ死者を出した。しかもこれは容疑者有働さゆりによるテロ行為と言っても過言ではない。我々四百名を超える捜査本部は、このたった一人の女に翻弄されている」

校舎放火事件も〈ヤマギシ・フィットネスクラブ〉の爆破も〈アルテミス〉なる女が裏で糸を引いていたことが判明している。捜査本部はこの〈アルテミス〉も有働さゆりだろうと見当をつけている。

有働さゆりは以前にも飯能市でいくつかの殺傷事件に関与している。更には八刑を脱走した後にも事件を起こしている可能性が否定できない。いったい彼女一人で何人の人間が血祭りに上げられていることか。

村瀬は敢えて口にしないが、四十九人も殺害した凶悪犯が未だ野放しになっている責任は桐島率いる専従班の体たらくにある。その一員である宮間も会議の席では肩身が狭い。

「校舎放火事件と〈ヤマギシ・フィットネスクラブ〉爆破事件に関してはそれぞれ実行犯が特定されており、〈アルテミス〉こと有働さゆりの関与は限定的とされている。だが実行犯たちを心理的に操作していることは明白だ。他人を操る術に秀でているのであれば、有働さゆりのみに張っている網も十全ではないことを意味する」

心理的な操作は対面でなくても可能だ。ネットを通じて、あるいは電話一本で狙う相手と接触できる。従って有働さゆりの動きを封じるだけでは連続性を断ち切ることができない。

「実行犯たちの携帯端末から〈アルテミス〉の情報は得られたのか」

村瀬の問いに鑑識係の一人が立ち上がる。

「山岸竹富より押収したスマホの通信記録から〈アルテミス〉名で登録された電話番号を照会しましたが、相手はＳＩＭフリー端末を使用しているようです」

席上に落胆の溜息が洩れる。

ＳＩＭフリー携帯は秋葉原《あきはばら》などの店舗で格安に売られており、購入時に身分証を提示する必要がない。使用後は捨ててしまえば一切後腐れがなく、捜査する側にすれば証拠物件そのものが消滅するのだからどうしようもない。

「都内全域、有働さゆりの姿を捉えた防犯カメラはまだ見つからないのか」

これには宮藤が報告した。

「行動パターンで有働さゆりを登録していますので、ヒットすれば直ちに連絡が入るようになっています。今のところ情報は皆無です。ただ試験的に導入しているシステムなので都内以外で効果はありません」

「八刑を脱走した凶悪犯でも人間に変わりはない。各宿泊施設には手配写真が配布されているから、何食わぬ顔で泊まり歩くというのも考え難い。犯行時に着用していたものから推測するとそこそこ上等な店で買い物をしているようだが、依然として網にはかかっていない。通販で購入するとなれば定住地が必要になるが、逃走中の身で部屋が借りられるとも思えない。一つ考えられるのは協力者の存在だ」

捜査員の何人かが浅く頷く。有働さゆりを匿《かくま》っている者がいるという仮説は宮間も同意できる。第三者の庇護《ひご》の下にあるのなら、部屋に引き籠ったままでも衣食住はできる。

だが宮間は以前に御子柴が放った言葉を思い出していた。

『彼女は娑婆にいる頃から自分の殻に閉じ籠っていた。親しくしていた人間はいない』

あの証言は御子柴の本意だったのだろうか。それとも捜査員に対する予防策だったのだろうか。

「改めて有働さゆりの交友関係を探る。無論、身元引受人である御子柴礼司も例外ではない。思い起こしてみれば二人とも医療少年院の出身で古い付き合いでもある。加えて御子柴弁護士はあいう人物だ。自分の依頼人を護るためなら法も犯しかねない」

前回、御子柴と対峙した宮間はさもあらんと頷く一方、本当に彼が有働さゆりを匿っているのなら探すのは困難だろうと予測する。

「有働さゆりが今後も犯行を重ねる可能性は充分にある。今はまだ犯行が首都圏と長野に限定されているが、行動範囲が拡大する惧れもある。そうなる前に何としてでも身柄を確保する。以上だ」

捜査会議終了直後、他の捜査員が三々五々と散っていく中、宮間は桐島から声を掛けられてその場に留まる。

「聞いての通りだ。早速、御子柴の事務所を再訪してもらう」

正直言って気は進まない。前回はただの事情聴取に過ぎなかったにも拘わらず警察官としてのプライドは傷つけられ、心を折られた。かつての触法少年に散々嘲られ、面談を終えた時にはぐったりと萎えていた。

御子柴の言葉は凶器だ。寸鉄人を刺すどころではなく、太い銛《もり》が心身を貫く。その上、刃先に戻りがあるのでなかなか抜けない。

「前回は一人で行かせたが、今回は葛城を同行させる。二人いれば気後れすることもあるまい。それに」

桐島は離れた場所に立っている葛城をちらと振り返った。

「ああいう根っからの善人タイプは、訳アリの依頼人や目つきの悪い刑事に慣れっこの悪徳弁護士には案外効果的かもしれない」

その発想はなかったので少し驚いた。

「管理官の言葉じゃないが、事件はただの連続殺人じゃなく完全なテロ事件として報道されている。内外から捜査の進展を監視され、間違うことも立ち止まることも許されない状況にある」

「しかし報道各社には事件がそれぞれ個人を狙ったものであること、そして番号札の順番通りに殺人が行われていることは公表されていないはずです」

「ブン屋連中も甘くはない。既に嗅ぎつけている社もある」

桐島は片手に持っていた新聞紙を無造作に突き出した。

新聞を広げた宮間の目は大見出しに釘付けとなる。

『フィットネスクラブ爆発　連続テロか』

続いて記事を読んでまた驚いた。内容は〈ヤマギシ・フィットネスクラブ〉の爆発事故がテロリストの仕業であり、しかも富士見インペリアルホテル大量毒殺事件、大型バス爆破事件、そして校舎放火事件に続くものではないかと結論づけている。無論、例によって「捜査関係者によれば」との注釈が付いているが、それさえあればどんな憶測記事も書ける。不安が過ったのは、その注釈が真実であるケースだった。

「班長。まさか、捜査本部から情報が洩れたんですか」

「それなら蛇口の栓を締めればいいだけの話だが、独自取材だから余計にタチが悪い」

言われて新聞名を確かめる。〈埼玉日報〉、地方紙ながら首都圏にも販路を広げている新聞だった。

「社会部におそろしく鼻の利く尾上《おのうえ》というブン屋がいる。署名こそないが、十中八九そいつの記事だろう」

「独自取材って、どうやって四つの事件を結び付けたんですか。番号札の件も、有働さゆりが容疑者であるのも洩れていないはずなのに」

「本当に捜査本部から情報が洩れていれば由々しきことだから、埼玉日報に直接問い合わせた。回答はこうだ。『四つの現場に警視庁の、しかも同じメンバーが居合わせている。これで連続性に気づかないボンクラは記者失格だ』とな」

「まさか。長野や流山まで我々を追い掛けてきたというんですか」

「そのまさかだ。こちらの動きを張っていたとしか思えん」

「しかし、どうして」

「まだ記事にはしていないが、埼玉日報は最初から有働さゆりの関与を疑っていたフシがある。と言うよりも、八刑脱走直後から追い続けてテロ事件の容疑者に当てはめた感がある」

「えらく鋭い嗅覚だと思いますけど、根拠でもあったんでしょうか」

「件の尾上という記者、有働さゆりが飯能市で起こした事件を担当していた。しかも関連した事件では、えらい怪我まで負っている。おそらく有働さゆりが医療刑務所から脱走した直後から網を張っていたに違いない。お前が埼玉県警の刑事や御子柴弁護士の許を訪れたことを繋ぎ合わせれば、捜査本部が有働さゆりを容疑者認定していることは察しがつく」

「ちょっと待ってください。埼玉日報の記者が捜査員に張りついているのなら、わたしが御子柴の事務所を再訪するのも尾行する訳ですか」

「一度ネタが割れている。話の内容が洩れない限りは気にする必要もない。ただし、尾行している報道関係者が埼玉日報だけだとは思うな。埼玉日報のスクープを受けて全国紙や週刊誌が後追い記事を書こうとしているに決まっている」

桐島の言うことは理解できるが、本来尾行する側の自分がされる側になるのは妙な気分だった。

「とにかく有働さゆりに関する情報は残らず掻き集めろ。門前払いされても食らいつけ」

桐島に厳命されたものの、先方からどんな扱いを受けるかは目に見えていた。


「二度と来るなと言ったはずだが」

宮間と葛城の顔を見るなり、案の定御子柴は顔を顰めた。まるで道端の糞《ふん》を見るような目つきに、先日味わったばかりの屈辱が甦る。

「またお邪魔するかもしれません、と言いました」

「執拗さだけは褒めてやりたいが、もはや業務妨害だ。帰れ」

事務所の中に通してくれた女性事務員は申し訳なさそうな顔でこちらを見ている。自分が口添えしても無駄だと、その目が語っていた。

「御子柴先生。前回、あなたは『校内に侵入して火を放ったのが有働さゆりとは言いきれない。現状、はっきりしているのはその事実だ』と明言しました。その時はぴんとこなかったが、捜査を進めるうちにあなたの考えが的中していることが判明した。いったい、どういった道筋で推論に至ったのですか」

「あんたたちに説明する必要はない」

御子柴はにべもなかった。

「そもそもわたしは有働さゆりの弁護人兼身元引受人だ。彼女がどんな性格であるか、どんな行動に出るかは把握していて当然だ」

「そこまで有働さゆりを理解しているのなら、彼女が今どこで誰に匿われているかも、おおよそ見当がついているんじゃないですか」

「ほお。ようやくそこまで考えついたか」

「ようやくって、それじゃあ」

「捜査本部の誰もが病歴と犯罪歴だけで彼女を理解しようとした。だが犯罪歴の前には性格があるのに、一人として考察しようとしなかった。違うか」

御子柴の指摘に返す言葉もない。確かに有働さゆりの特異な病歴が捜査陣の目を曇らせていた憾《うら》みは否定できない。特異な人間だから、単独で潜伏し行動しているものとばかり思い込んでいた。

「捜査が暗礁に乗り上げたからといって、今更弁護人を頼るか。あんたたちにはプライドというものがないのか」

プライドならある。

お前がずたずたにしてくれたお蔭で守る必要もなくなった。

「プライドではなく、市民の生命と財産を護るために捜査をしています。弁護士にも同様の職業倫理があるはずだ」

「それも今更だな。選《よ》りに選って、わたしに職業倫理を説くつもりか」

御子柴の嘲笑は堂に入っていた。宮間はこんなにも嘲笑が似合う人間を見たことがない。きっと今まで己を悪徳と蔑んできた者たちに、この笑みを返してきたのだろう。

「どうやら駆け引きのいろはも知らないらしい。こんな刑事を使いに出すとは警視庁捜査一課も、よほどの人材不足とみえる」

「わたしのことをどんな風に言おうと自由ですが、捜査には協力していただきたい」

「協力したところで、あんたたちが役立てるとは思えん」

「やってみなきゃ分からないでしょう」

「帰れ。もう話すことはない」

御子柴が背中を向けたその時だった。

「それでも有働さゆりの弁護人ですか」

今まで沈黙を守っていた葛城が口を開いた。抑えた口調ながら真剣な怒りを孕《はら》んでいるのが分かる。

ゆっくりと御子柴が振り返る。

「ああ、弁護人だが」

「有働さゆりを放置しておけば犯行を重ね、罪はますます重くなる。それを見過ごすなんて弁護人のすることじゃないでしょう」

行儀よさをかなぐり捨てた葛城は子どものような目をしていた。

「弁護士は依頼人の利益のために働くものなんですよね。だったら有働さゆりがこれ以上罪を重ねないようにするのは、あなたの務めじゃないですか」

聞いているこちらが恥ずかしくなるような正論を吐く。百戦錬磨、数々の有罪案件を引っ繰り返してきた弁護士には噴飯ものの言説に違いない。

「捜査本部にはあなたが有働さゆりを匿っているのではないかと疑う者もいます」

「馬鹿なことを」

「ええ、馬鹿な考えだと思います。本当だとすれば、あなたが有働さゆりをコントロールできないという話になる。名にし負う御子柴弁護士がそんな間抜けをするはずがないからです」

「ふん。ずいぶんと買い被《かぶ》られたものだ」

「あなたは勝てる裁判しかしないという評判ですからね。そういう人は自分の手に負えない仕事には手を出さない」

「勝てる裁判しか引き受けないというのは誤認だな。負けた裁判もない訳じゃない」

御子柴は向き直り、葛城を正面から睨みつける。葛城も負けていない。つかつかと御子柴に歩み寄って睨み返す。

「それでもあなたが聡明《そうめい》であるのは誰しも認めています。解せないのは、それほど聡明な人が、依頼人が不利な状況に陥っていくのをみすみす傍観していることです。御子柴先生。あなたが本当に有働さゆりの利益を考えているのなら、一刻も早く彼女の身柄を確保するべきじゃないんですか」

「あんたに指図されることじゃない」

「指図じゃありません。お願いです」

言うが早いか、葛城は深々と頭を下げた。態度の急変ぶりには宮間ばかりか御子柴まで不意を突かれた様子だった。

「捜査本部の面子なんてどうでもいい。今はこれ以上の被害者を出さないようにするのが最優先です。教えてください。あなたはどうして有働さゆりが放火犯ではないと確信したんですか」

しばらく葛城と睨み合っていた御子柴はついと視線を逸らせた。

「確信じゃない。彼女の犯罪性向からして毒殺や遠隔地からの爆破、放火による殺人とは縁遠いと考えただけだ」

「何故でしょうか」

「有働さゆりが過去に犯した殺人の一つ一つを吟味すれば、全てが接近戦での行為であることに気づく。刺殺に殴殺、いずれも相手の身体に触れ、己の手で殺害に及んでいる。今回の事件とはまるで性質が違う」

言われてみればその通りだ。宮間は単純な相違に気付かなかった己が腹立たしい。

「富士見インペリアルホテルで使用された毒物は何だった」

「シアン化カリウムです」

「爆破に使用された溶剤は」

「軽質ナフサです」

「シアン化カリウムにしても軽質ナフサにしても、分量や取り扱いには最低限の知識が必要だ。

だがわたしの知る限り、有働さゆりにそのスキルはない。収監される前は町のピアノ教師、収監されてからは病室の虜《とりこ》。物騒な専門知識を習得する暇などなかった」

「でも、犯行現場には必ず有働さゆりの存在が確認されています。富士見インペリアルホテルで毒物入りのグラスを配ったのも、大型バスに爆弾入りのバッグを置いたのも彼女なんですよ」

「二つの矛盾する事実を重ねてみろ。どんな推論が引き出せる」

「……有働さゆりはただの駒なんですか」

「調合済みの毒物を飲料に混ぜるのも、起爆装置のスイッチを押すのも容易い作業だ。誰にだってできる。接近戦でしか行為に及べない有働さゆりもまた然《しか》りだ。そこまで考えれば、有働さゆりが主犯格の人間に庇護されているのも容易に想像できるだろう」

既に確固たる身分と地位を得た弁護士がテロ活動に手を染める必要性は微塵もない。御子柴が有働さゆりを匿っている可能性は捨ててもよさそうだった。

「あんたたちが恐れなければならないのは有働さゆりよりも、その主犯格の方だ。主犯格がどんな動機で犯行を繰り返しているのかは不明だが、毒物や火薬の知識に秀でて、しかも精神疾患を抱えた脱走犯を意のままに操っているとしたら、そいつがどれほど危険な存在か見当はつくだろう」

有働さゆりの犯行態様は常に一対一の接近戦によるものだ。だが、今回は遠隔による大量殺人を主としているように見える。その意味で、もし御子柴が指摘する通りに首謀者が存在するとすれば、有働さゆりよりも数段危険な存在と言える。

「主犯格の犯罪性向は操縦型もしくは誘導型だ。有働さゆりを実行犯にして自らは手を汚すことがない。毒物や爆発物の知識と技術に優れ、無関係な人間を殺傷することに何ら良心の呵責《かしゃく》を感じない。冷徹で計画性があり、必要な資金を充分に持ち合わせている」

葛城はひと言も聞き洩らすまいと御子柴の口元を注視している。謹聴しているのは宮間も同様で、示唆されたプロファイリングを記憶に刻みつけている。

「計画者と実行者ともに反社会的性向があり、大量殺人を屁《へ》とも思っていない。動きは機敏で、公判で不利になるような決定的な証拠を何一つ残していない。そいつらがあんたたちの相手だ。分かったなら、さっさと追いかけろ」

「御子柴先生」

「もう話すことはない」

「先生は有働さゆりの身を案じているんですね」

一瞬、御子柴は葛城を意外そうに見る。

「本当に今更だな。身元引受人が当人の心配をしないはずがない」

「それは有働さゆりが罪を重ねることへの心配じゃありませんよね」

「有働さゆりにしろ主犯格の人間にしろ、およそ突出した性格の持ち主だ。突出した性格の人間同士の蜜月が続くのは極めて稀だ」

御子柴の目が不意に揺らぎを見せた。

「両雄並び立たずじゃないが、突出した存在同士は常に衝突の可能性を秘めている。問題はその衝突がどういうかたちで現実のものになるかだ」

二人が捜査本部に戻ると、刑事部屋で見慣れているが意外な人間が待ち構えていた。

「戻ったか。お疲れさん」

麻生はにこりともせず言葉を掛けてきた。

「宮間。ちょっと時間を作れるか」

直属でなくても上司には違いないので、宮間に拒否権はない。そのまま麻生の席まで連れていかれた。

「御子柴弁護士の事務所に行ってたんだろ。何か収穫はあったか」

「それを桐島班長より先に報告するのはちょっと」

「収穫の内容を教えろとは言ってない。あの悪徳弁護士とはウチの犬養が一度ならずやり合っている。油断も隙もない野郎だってのは百も承知している」

「いやそれが、葛城が意外に頑張ってくれて」

御子柴と葛城のやり取りは結構な見ものであった旨を伝えると、麻生はにやりと笑った。

「ふん。悪人ばかり相手にしてきたせいで天真爛漫《てんしんらんまん》な人間には不慣れなのかもしれんな。いいことを聞いた。次にあの悪徳弁護士とぶつかる時は葛城を借りるとしよう」

「俺に用事というのはそれだけですか」

「いや、俺からの情報共有だ」

「それなら明日の捜査会議で発表するか、さもなければ桐島班長に直接伝えてもらえばいいんじゃないでしょうか」

「桐島とはウマが合わん」

ふざけないでくれと言う前に、麻生が片手を挙げた。

「というのは半分冗談だが、あの狭量な男が俺からの情報を有難く拝聴するかね。第一、情報と言っても俺の見込み違いである可能性もある。根拠が薄弱だから捜査会議で発言するにも気が引ける。だが、お前の推測というなら桐島も抵抗なく聞き入れるだろう」

なにもそんな回りくどいことをしなくてもと思ったが、桐島と麻生の確執は捜査一課のみならず刑事部で知らぬ者はいない。まるで子ども同士のいがみ合いと揶揄する者もいるが、組織で立場も肩書もある者なら避けられない図式かもしれない。

「分かりました」

事件究明のために余所《よそ》の班長が根回しをしようとしているのだ。同じく事件究明を目指している自分が乗らない訳にはいかない。

「それで麻生班長は何を思いつかれたのですか」

「そう鯱《しゃちほこ》張るな。雑談のつもりで聞け。前にも話したが、ウチで性悪女の事件を扱ったことがある。性悪というよりは稀代《きたい》の悪女だな。手前ェ《てめ》の手を汚さず、他人を誑《たぶら》かして罪もない人間を死に追いやる。殺人教唆だが、誘導の仕方が巧みで立件できるかも怪しい。そういう極悪人だった」

立件できない教唆なら、ほとんど完全犯罪ではないか。

「立件できなかったということは今でも野放しなんですか」

「いや、その女は死んだ。正確には死んだことになっている」

「どういう意味ですか」

「手前ェで播《ま》いたタネに手前ェが巻き込まれ、事件関係者に殺害された」

「自業自得ですね」

「表向きはな。ところが死体が確認できていない。殺害後、死体は産廃の大型焼却炉で燃やされ毛一本すら残らなかった。本人が使用していた布団や着衣で死亡が推定されただけの話だ」

「でも死亡したんですよね」

「事件は一件落着した。ところがその数年後、似たような事件が続出した。死んだとされる性悪女の従姉妹《いとこ》がコンサルタントを看板に掲げて、やはり殺人教唆めいた犯行を繰り返している。現在その従姉妹は身を隠しているんだが、俺には性悪女が身分を騙《かた》っているように思えてならない。何しろ死体が存在しないからな」

「何という女ですか」

「蒲生美智留。写真を見る限り大層な美人だ。悪知恵は並ぶ者なし。冷静沈着で、人の命なんぞ虫並みにしか思っていない。計画性と人の弱みにつけ込む才に長け、おそらくはサイコパスの傾向が顕著だ」

聞きながら鳥肌が立つ。それは御子柴が想定する主犯格そのものではないか。

「情けない話、事件が完全に解決していないから、別の事件を追っかけていても蒲生美智留の顔が頭に浮かんで離れない。今回、有働さゆりが起こしているとされる事件でもそうだ。それで、ぎょっとした」

「麻生班長の見込みというやつですね」

「四つの事件、全てにうっすらと関連がある」

「どうして今まで会議で公にしなかったんですか。会議ではどんなに希薄な可能性であっても共有するのが鉄則で」

「視点がずれていたからだ」

麻生は弁解がましく言う。

「富士見インペリアルホテルでは日坂浩一議員が、大型バス爆破事件では高濱幸見が、校舎放火事件では大塚久博が、そしてフィットネスクラブ爆破事件では古見千佳が狙われた。だから捜査本部は四人と有働さゆりの接点を探そうと躍起になった。しかし四人が標的にされたと認定したのは何故だ」

「被害者四人に番号が振られていたからです」

「そうだ。しかし、その番号がただの見せかけだったとしたらどうだ。本当に狙われたのが、日坂浩一議員でも高濱幸見でも大塚久博でも古見千佳でもないとしたらどうだ」

「まさか」

「校舎放火事件以外は大勢の人間が被害に遭っているから目眩《めくら》ましになった。まず富士見インペリアルホテルで行われた同窓会だが、メンバーは秋川第一中学の卒業生だった。同じクラスには蒲生美智留もいた」

「提出された卒業名簿にその名はありませんでした」

「一時期在籍していただけだから名簿からは洩れていた。それに新聞報道で既に死亡とされていたから、同窓生の頭からすっぽり抜け落ちていたらしい。生存者の此城保奈美が憶えていた。年齢に似合わぬ美貌と妖艶さの持ち主で、一時は日坂浩一議員とも交際があったらしい。次に大型バス爆破事件だが、被害者の中に野々宮《ののみや》照枝という婦人がいる。この野々宮照枝は蒲生美智留がいっとき身を寄せていた親戚筋だ。蒲生美智留の企みで一家が崩壊してからは一人暮らしを余儀なくされていた。彼女もまた蒲生美智留を知る一人だ。三件目、放火された校舎は秋川第一中学だ。焼け死んだ大塚久博と有働さゆりの関係は不明だが、蒲生美智留の在籍していた学校なら彼女の記録も残っているはずだった。しかし卒業生の記録一切は火元となった職員室の隣に位置していたため、全てが灰となった。四件目、古見千佳と同様、爆発に巻き込まれて死亡した被害者の中に倉間佳織という婦人がいた。戸籍を洗って判明したんだが、彼女は蒲生美智留の実の母親だ。蒲生美智留が中学生になる頃に離婚し、旧姓に戻っている」

麻生の説明を聞いている最中から、形容しがたい恐怖が背中に纏《まと》わりついていた。

「もう分かるだろう。一連の事件は全て蒲生美智留に関与している。番号を振られた人間は誤導の材料に使われただけだ」

「じゃあ有働さゆりは」

「彼女はただの駒だ。精神を患った脱走犯による連続テロ。そう見せかけるための操り人形に過ぎん。少なくとも俺はそう見ている」

2

『最後の仕事が決まったから』

美智留の声はいつも通り冷ややかで事務的だった。

『決行日と目的地は改めて。それまで身体を休ませておいて。何か身の回りで足りないものはある？』

「特には」

『それじゃ』

先方が電話を切ったので、さゆりも通話終了ボタンをタップする。美智留から渡されたスマートフォンは未だに使いこなせず、精々通話とメールの授受くらいしかできない。八王子医療刑務所に収監されている間、世の携帯電話事情は大きく変化した。ケータイからスマホへ。機器の変更もそうだが機能が圧倒的に増えてしまい、もはやさゆりの手に負えない。

さゆりの住まいはウイークリーマンションの一室だった。賃貸契約は美智留の偽名で締結されており、必要最低限の電化製品は備え付けてあるので、わざわざ新品を買わずに済んでいる。生活用品と食料は日々宅配ボックスに届けられる。こちらは美智留が自ら運んでくれているらしい。お蔭でさゆりはマンションから一歩も外に出ることがなく生活している。指名手配されて顔が割れているさゆりには好都合だった。

部屋にはテレビも備え付けてあるが、さゆりはニュース以外あまり観《み》ない。ドラマもバラエティ番組も知らないタレントばかりで興味が湧かない。たった数年外界と隔絶していただけでまるで浦島太郎の気分だ。

今も徒然《つれづれ》なるままに観ていたニュース番組では〈ヤマギシ・フィットネスクラブ〉の爆破事件の続報を伝えている。

『このような構造になっていたため、ボイラー室の爆発が真上にあったトレーニングルームに及んだ訳ですね』

『先日の大型バス爆破事件に続いて、こんなテロのような事件が続発している事態を先生はどのようにお考えですか』

『このような事案はアメリカでは五年前から頻出しておりました。カルト教団とかの組織ではなく、抑圧された個人によるテロですね。当時、日本ではこういうタイプの犯罪は起きないという意見が大勢でしたが、アメリカで流行《はや》るものは五年遅れで日本でも流行るんです。犯罪も例外ではありません』

ワイドショーでは相変わらず的外れな話で盛り上がっている。出演者は一様に神妙な面持ちをしているが、自分たちの言説が徒《いたずら》に騒ぎを煽っていることを自覚しているのかいないのか。

深く考えるのが苦手なさゆりは画面から窓の外へと視線を移す。夜半から降り始めた雨がまだ続いており、ガラスの向こうは薄灰色に煙っている。

美智留と出逢ったのは、こんな日だった。

その日はいよいよ逃走資金が底を突き、ファミリーレストランで時間を過ごしていた。コーヒー一杯で粘れるだけ粘っていた。いよいよ明日の夜は公園かどこかで野宿するしかないと考えていた時、話し掛けられた。

「誰かと待ち合わせですか」

同性の自分でも惚《ほ》れ惚《ぼ》れするような容姿の女だった。

「相席、よろしいですか」

他に空いている席もあった。可能な限り他人と接触したくない事情もある。しかし不思議と抗う気持ちがなかった。大丈夫だ。わずかでも自分の正体を気取られる兆しがあれば席を立って店を出ればいい。

「構いませんよ」

その女こそが蒲生美智留だった。美智留はさゆりの前に置かれていたカップを一瞥し、自分もコーヒーを注文した。

「嫌な雨」

「そうね」

「急に降り出して。今の時間だとタクシーも捕まえられない」

「そうね」

「あなたの家は近くなの」

「近くはない」

「近くても足元に飛沫が掛かるのは避けたいわ」

最初は取り留めのない話から始まったが、やがて美智留はこう切り出した。

「あなた、逃げている最中よね」

咄嗟《とっさ》に席を立とうとした瞬間、重ねて言われた。

「わたしもよ」

いったん浮かしかけた腰を元に戻し、美智留の話を聞くことにした。

具体的な情報はひと言も口にしない。ただ自分を追っている者がいて、しつこいのだと言う。

「それでも生活していかなきゃいけないし、仕事もしなきゃいけないし」

顔つきからは反省の色が全く見えない。追われるようなことをしでかしていても、自分が悪いとは欠片も思っていないようだった。

美智留に対して親近感を覚えたのは、この瞬間からだった。さゆり自身、何人もの人間を殺《あや》めているが不思議と良心の呵責は覚えない。唯一、息子を手に掛けた事実だけは思い出そうとしても記憶が拒否反応を起こすものの、それ以外はハエや蚊を殺したのと大差ない。自分には或る種の感情が欠落しているのだ。

「あなた、決まった仕事はしているの」

問い掛けられて首を横に振ると、美智留が畳み掛けてきた。

「わたしの仕事を手伝いなさい」

手伝ってくれないか、ではなく手伝いなさいときた。強引で勝手極まりないが、美智留の口から発せられると妙な説得力がある。彼女の声には聴く者を魅了する響きでもあるのか、ただ話しているだけなのに周囲の雑音さえ遮断されるような錯覚に陥る。ひたすら耳に心地よく、聴いているうちは悩みや怒りを忘れそうになる。

もっとも、さゆりはピアノ教師を務めていたくらいだから、彼女の声質を正確に分析していた。美智留の声には1／fゆらぎが含まれているに違いない。

1／fゆらぎは音波の一つであり、五感を通して人間の生体リズムと共鳴すると言われている。心臓の鼓動や呼吸などの生体リズムにも、1／fゆらぎが含まれているため、この音波を聴くことで自律神経が交感神経から副交感神経に切り替わるらしい。つまりは体中から抵抗がなくなり非常にリラックスした状態になる。これが美智留の声の正体だ。そんな声で囁《ささや》かれたら誰でも美智留の声に酔い、ついつい彼女の言葉に従ってしまうだろう。それが彼女の指示であることに気づかないままでだ。

「あなたは素敵な声をしているのね」

牽制《けんせい》の意味を含めて言ってみた。

「とても特別な声。きっとその声で何人もの人を誘惑してきたんでしょうね」

きっと声について言及されたのは初めてだったのだろう。美智留は着衣の染みを指摘されたように意外半分不快半分という顔をした。

「音の専門家みたい」

「ピアノを教えていた」

「そう。でも、そんなことはどうでもいい。手伝ってくれたら現金と住む場所を保障する。あと毎日の食事もね」

魅力的な提案だと思った。嘘や誇張を口にしているようでもない。

「報酬はいくら」

「一件につき百万円」

「大金。いったい、どんな仕事なの」

「詳細は後ほど。ただ合法的でないのは確かね」

合法的な仕事なら、そんな破格の報酬になるはずがない。非合法な仕事だと正直に告げられたことで、美智留を信用した。

「危険な仕事なの」

「あなたに決して危害は及ばない」

言い換えれば他の人間には危害が及ぶという意味だ。

「捕まる心配は」

「それもない。あなたには複数の仕事をお願いしたいと思っている。すぐ捕まるようなシステムじゃ次が見込めないもの」

　さゆりにしてみればうまい話だ。当面の住まいと食料も有難いが、何より一件百万円の報酬に惹かれる。それだけあれば国内の行き来は自由だし、やり方によっては国外への脱出も視野に入ってくる。ただ美智留は信用できそうだが、もう少し確かめておきたい。

「詳細は後ほどと言ったよね。具体的でなくてもいいから、おおまかな話をして」

「毒物関係。あなたは配膳係」

　今まで毒殺を試みたことはなかったが、非力な女にも可能な、かつ実現性の高い殺害方法であるのは知っていた。

「小道具は全てこちらで用意する。あなたはわたしの指示通り動いてくれればいいから」

　さゆりは長考するタイプではない。そもそも物事を突き詰めて考えるというプロセスが苦手だ。その場で即決し、すぐ行動に移す。問題が起きればその都度対処すればいいと考えている。対して美智留という女は計画しなければトイレにも立たないような性格らしい。極めて少数だが、同じタイプの人間を知っている。さゆりに音楽療法を教えてくれた大恩ある、あのクソッタレな精神科医だ。あの男は常に感情を殺し、何か行動する前には徹底的に可能性を吟味していた。今でも時折夢に出てくる、さゆりにとっては愛憎相半ばする存在だった。

　さゆりはそういう性格の人間を好ましく思ったことがない。それなのに惹かれてしまう。自分にはないものを無意識に求めているせいかもしれない。

「いいわ」

いざとなれば逃げればいいだけの話だ。幸い、さゆりには護るべきものがない。下手をすれば己の身ですらも、それほど執着がある訳ではない。

「商談成立」

美智留は大仰に嬉しがりもせず、コーヒーを旨《うま》くもなさそうに啜《すす》る。

自分は美智留の駒なのだと、さゆりは思った。美智留の計画には駒が何かを考える余地が残されていなかった。

富士見インペリアルホテルに潜入する直前、ホテルの制服と薬瓶を手渡された。

「サイズはぴったりのはずだから。作業が終了したら、そのまま地下駐車場に来て」

毒物は青酸化合物とのことだった。宴会の控室には事前に飲み物が用意されているので、栓を抜いて毒物を混入すればいい。ひと瓶辺りの分量も説明された。

その他、美智留の下調べは呆《あき》れるほどに詳細で正確だった。宴会場で異変を確認した直後の退路、防犯カメラの位置、従業員の配置まで把握していた。

軽質ナフサを使用した爆弾にしてもそうだ。美智留は実に手際よく爆弾を作り上げる。仕上げの見事さに不法なルートで買ったのかと問うと、事もなげに答えられた。

「高校生レベルの知識があれば楽勝。材料も一般的なものばかりだし」

広範な知識と入念な事前調査。それこそが美智留の犯罪の真骨頂と言えた。お蔭でさゆりは何も考えず、ただ指示に従っていればよかった。

いったい参加者の誰を標的にしていたのかと尋ねた時、答えをはぐらかされた。あれも駒には説明不要な事柄だったからに違いない。美智留は必要なことしか口にしない。

バスガイドのバッグの中に番号札を収めさせた際もそうだった。彼女に何の恨みがあるのかを尋ねたが、やはりはぐらかされた。

校舎放火事件の時もそうだ。大塚久博を殺さなければならない理由を明らかにしなかった。あくまでもさゆりを駒としか扱っていない。

「事情を打ち明けないのは、あなたをこれ以上巻き込みたくないからよ」

美智留の弁解は至極もっともらしかった。

「あなたは単なる請け負い。クライアントの事情を知る必要はないし、知れば面倒を抱え込むだけよ」

面倒を抱え込むのはさゆりもご免こうむりたい。知ることが危険に繋がるケースは少なくない。世の中、知らなければ大抵のことは悩まずに済むのだ。

だが、幸か不幸かさゆりは人並み以上に知恵の働く女だった。しかも悪い方の知恵が。

犯行を重ねていけば、美智留がはぐらかしたところで狙いはうっすらと見えてくる。理路整然とではなく、昏い思念がこちらに伝わってくると形容した方が正確だろう。

四つの事件には、それぞれ美智留の目的がある。番号を振った四人については無視して構わない。あの番号がただの見せかけであるのは薄々勘づいていた。日坂浩一、高濱幸見、大塚久博、そして古見千佳。四人の名前を告げる際、美智留はいささかも動揺しなかった。まるで見ず知らずの者の名前を棒読みしているような声だったのだ。

四つの事件には別の目的が隠されている。それが何なのかは分からない。さゆりも興味がない。問題はこれが最後の仕事という点だった。既に受け取った報酬は現金で四百万円。これだけあれば、しばらく潜伏生活を続けられる。ほとぼりが冷める頃を見計らい、履歴書を紙切れとしか思わない勤め口を探せばいい。身分詐称は美智留から学んだのでお手のものだ。

だが美智留がそれを許すとは到底考えられない。深い事情は知らずとも、美智留の描いた計画を逐一実行したのはさゆりなのだ。万が一さゆりが逮捕されれば、美智留にも司直の手が及ぶ危険がある。

美智留がそんなリスクを放置するはずがない。その万が一が訪れる前にさゆりの口を塞ごうとするに相違ない。

最後の仕事が終われば、さゆりは用済みどころか唯一人の厄介者に成り下がる。美智留のことだから、眉一つ動かさずにさゆりを始末するに決まっている。

そうはさせるものか。

校舎で大塚を仕留めた時に改めて実感した。

やはり自分は接近戦の方がしっくりくる。大塚の背に千枚通しを突き立てた時の感触は、むしろ懐かしくさえあった。

一方、美智留は自らの手で人を殺めたことはないようだ。あの魅惑的な声で疲弊した心を唆し、他人を思うように操る。従って一対一の接近戦になれば、さゆりに分があるはずだった。

さゆりは窓の外を眺めながら、どんな風に美智留を殺そうかと思案を巡らせる。

3

「明日、新幹線に乗ってほしいの」

さゆりの部屋に現れた美智留はそう告げた。もちろん、ただ乗るだけで済まないのは先刻承知だ。

「新幹線を爆破しようっていうの」

「まさか。狙いは人一人。ただし走行中に乗客一人を爆殺すれば、大勢が巻き添えを食うかもしれない」

平均時速233・5キロメートルの新幹線が走行途中で爆発したらどうなるか。爆発の影響は一車両だけに留まらず、脱線すれば前後の数車両はおろか全車両が甚大な被害をこうむる。それだけではない。爆発時に新幹線が高架上を走っていたら住宅地に落下する。その場合の人的被害・物的被害は途方もない規模になるはずだ。

だが、美智留は全く気に留める様子を見せない。己の目的さえ達成できれば何百人何千人が死のうと関係ないらしい。惚れ惚れするような冷徹さだが、倫理観の欠落はさゆりも似たようなもので計画を打ち明けられても恐怖や興奮は微塵も感じない。

「標的は誰なの」

「久本譲《ひさもとゆずる》、会社員。現在、東京本社に単身赴任中で、週末になると家族の待つ大阪に戻るのが習慣になっている。使っているのはいつも19：30東京発ののぞみ107号岡山行き。サラリーマンは素敵ね。仕事がルーティンだと生活パターンも変わらない。終業時刻が同じだから乗る電車も一緒、下手をすれば指定する車両も座席も同じような場所になってくる」

生活習慣が同じパターンになるのを明らかに揶揄する口調だった。揶揄したくなる気持ちはさゆりも同感だ。毎日同じ時間に出社し、命じられた仕事をこなし、似たような食事で飢えを満たし、同じ時間に眠る。己の生活を会社に捧《ささ》げている姿はなるほど社畜と言って差し支えない。

「標的がその新幹線に乗るのは確認できているの」

「エクスプレス予約のサイトをハッキングできればいいのだけれど、残念ながらそういうスキルは持ってないの。でも駅のホームで本人が乗る現場を確認できれば問題ないでしょ」

「計画の詳細を教えて」

「簡単よ。東京駅で久本の乗る車両にあなたが同乗する。なるべく彼の座席近くに軽質ナフサを仕掛けたら、あなたは二番目の停車駅である新横浜駅で下車する。新幹線は名古屋駅までの一時間二十分、ノンストップで走り続ける。その間に軽質ナフサが爆発し、久本は車両もろとも木っ端微塵」

美智留は歌うように計画を話す。新幹線の爆破も大量殺戮も、まるでウィンドウショッピングを愉しんでいるようにしか見えない。

「爆破はリモートなの」

「最近は新幹線内のＷｉ－Ｆｉ状況も改善されているけど、フリーＷｉ－Ｆｉだと一回の利用時間に制限がある。乗客の利用状況によっては反応が遅れるケースも考えられる。リモートよりは時限式の方が確実でしょうね」

「起爆は新横浜駅を出てから何分後に設定するの」

「それはまだ考えていない。爆発する場所がトンネルの中なのか、住宅地の真上なのか、タイミング一つ違うだけで被害は一桁変わってくる」

己の選択如何《いかん》で被害者の数を左右できる。つまりは大勢の生殺与奪の権を握っていることになるのだが、美智留の口調に愉悦や昂揚は全く聞き取れない。駆除する害虫の数を語るかのように淡々としている。

「あなたからは、これが最後の仕事だと聞いている」

「その通りだけれど。分かってくれていると思うけど、報酬は無事に結果が出てからよ」

「報酬じゃなくて理由」

さゆりが正面から見据えると、美智留は意外そうに目を少し見開いた。今までも何度か美智留の正面に立つことはあったが目を直視するような真似《まね》はしなかった。自分自身が目を覗き込まれるのを避けていたし、美智留の奥底を見ることに原始的な危険を覚えたからだ。

「ホテルでの大量毒殺に始まって四件の仕事をこなした。大勢の人間が死んだ。高速バス一台、フィットネスクラブ一軒が爆破された。校舎一棟が焼けた」

「まさか、今更後悔している訳じゃないでしょ」

「それぞれに標的が存在して、他の人間は巻き添えを食っただけ。それは別に構わない。ただ、どうしてあの四人を殺さなきゃいけなかったのか、まだ理由を聞いていない」

合点がいったという風に美智留は頷いてみせる。

「いつか教えてくれるっていう約束だった」

「最後の仕事が終わるまで待てないかしら」

「実行役にさえ秘密にしておく必要があるの」

「打ち明けなくてはならないとも思えないけど。下請けは指定されたスペックの部品を造ればよくて、全体像を知る必要はないでしょう」

美智留はこちらを見据えたまま笑う。だが笑っているのは口元だけで目は決して笑っていない。

「さゆりさんだって報酬目的で仕事を引き受けてくれたんでしょ。好奇心ではなく」

「そうね。実を言うと、それほど知りたい訳でもない」

「賢明ね。好奇心は猫をも殺すと言うから」

「ただ、あなたの目的が何かを知れれば多少は優位に立てると思って」

「優位。妙なことを言うのね。あなたとわたしの間に優劣なんて存在しないでしょう」

「だってクライアントと下請けの間柄なんでしょ」

「お互いに相手が一人しかいないのなら相互扶助。上下関係も優劣もない」

「じゃあ、せめてわたしの想像が当たっているかどうかくらいは確認したいな」

「どんな想像」

「あなたが四人に持たせた番号自体に大した意味はない」

「まさか。さゆりさんに苦労させた作業なのに」

「番号を持たせたことで関連づけてみせただけ。あの四人の間には何の関連もない。あるとすれば、巻き添えを食った人たちの中に埋もれている」

「何を想像しようとあなたの勝手。他人の心の中には悪魔だって踏み込めないもの」

突然、さゆりは笑い出したくなった。悪魔でさえできない、人の心を覗き見る行為。だが美智留もさゆりも似たようなことをしてきたではないか。美智留の話が本当なら、自分たちは悪魔よりもタチの悪い存在ということになる。

「だけど、いい線いってるわ」

美智留は全て説明し終えたと言わんばかりに、さっと踵《きびす》を返す。こちらの相槌《あいづち》を待たない態度は憎らしくもあるが、天晴《あっぱれ》という気にもさせる。

「〈5〉の番号札と爆弾は当日に渡します。最後のミッションが成功したら新横浜で落ち合いましょう。報酬もその時に支払います」

美智留が部屋から出ていくと、さゆりは懐に忍ばせていた千枚通しを取り出し、机の上に置いた。成り行き次第では、この場で美智留を始末することも考えていたのだ。

凶器を使用せずに済んだので、さゆりはようやく緊張を解いた。

美智留との殺し合いになったら自分に分があると思っていたが、実際に本人を目の前にすると確信が揺らいだ。普段の言動から美智留は自ら手を下すタイプではないと決めつけていたが、そうではない可能性もある。身のこなしは軽やかだし、他人を殺めることにも一切の躊躇がない。また美智留がさゆりの行動を予測しないとは考え難く、彼女もまた部屋を訪ねてきた時点で凶器となるものを用意してきたはずだ。

どちらが勝つか興味は尽きないが、少なくとも今はその時ではない。さゆりはクローゼットを開くと、必要最小限の着替えをトランクに詰め込み始める。

美智留の指定した決行日は明日だった。

さゆりは計画を説明されている途中から美智留の思惑に気づいていた。

標的は久本譲なる男と言っていたが本当のところは分からない。今までの件を振り返れば、その標的も十中八九見せかけに過ぎない。ひょっとしたら久本譲は架空の人物かもしれない。『なるべく彼の座席近くに軽質ナフサを仕掛けたら』と美智留は説明した。言い換えれば久本譲なる人物を直接殺害しなくても構わないというニュアンスだ。そこには今までのようにいち個人を仕留めるという態度はない。

さゆりが新横浜駅で下車してから名古屋駅に到着するまでの間に爆発させるだと。分かりやすい嘘だ。今度の仕事が最後なら、さゆりを巻き込まずにいるものか。爆弾は東京駅を発車してから新横浜駅に到着するまでの間に起爆させるに決まっている。

相手の手の内は読めている。あとは美智留にどう反撃するかだった。

＊

蒲生美智留。

麻生に告げられた時から、その名前が宮間の頭から離れない。人の心の脆弱《ぜいじゃく》な部分につけ込んで悪意を増幅させる女。他人など虫けらくらいにしか思わない女。もしも蒲生美智留が麻生の言った通りの人間だとすれば、手段のためには目的を選ばないという言説も頷かざるを得ない。

長年刑事をしていると、どんな強行犯にもそれなりの動機があるのだと分かってくる。カネ、色、自己保身、衝動。もちろん一般的な観点からは指弾されて当然の動機だが、それでも盗人にも三分の理という言葉があるように全く理解できないものではない。

だが美智留の犯行動機は異質に過ぎる。欲望でもなければ情動でもなく人を殺めている。それも自らが手を汚すことなく、他人を手足のように使役している。その行動には悪意さえ感じられず、さながらアリを面白半分に踏み潰しているような印象さえある。

面白半分。

そうだ、その言葉こそが蒲生美智留の犯行態様そのものだ。精神病質やサイコパスという用語さえも雅《みやび》に思えてくる。

では翻って、今回の連続テロも蒲生美智留の面白半分や気紛れが画策した事件なのか。正直、その先を考えるのに躊躇する。たった一人の気紛れであれだけ甚大な人的被害と物的被害をこうむったという事実が俄には信じ難くなるからだ。

いずれにしろ有働さゆりの消息は杳として知れない。捜査本部は首都圏から全国へと捜査範囲を拡大したものの、未だ信用に足る情報はただの一本も確認されていない。このまま指を咥えて第五の事件を待つだけというのは、世間とマスコミに警視庁の無為無策を喧伝《けんでん》するようなものではないか。

不吉なことを考えていると卓上の電話が鳴った。受付からの内線だった。

「宮間です」

『外線です。連続テロ事件の担当者と話がしたいとのことです』

またか、と思う。富士見インペリアルホテルの事件からこっち、自分が犯人だとか知人がそうだとかの情報が山ほど寄せられている。もちろん全てがイタズラ電話や思い込みによるガセ情報で、多くの捜査員が振り回された。今度もその口かと、宮間はうんざりしながら電話を回してくれと伝える。

「代わりました。刑事部捜査一課です。ご用件を」

『次の番号札は〈5〉です』

電子音、というよりボイスチェンジャーか何かで加工した音声だった。それよりも緊張をもたらしたのは番号札の件だ。

被害者がそれぞれに番号札を持たされた事実は未だ公表されていない、捜査関係者と犯人のみが知り得る〈秘密の暴露〉だった。

「どなたですか」

『可哀そうな被害者たちに番号札を握らせた本人』

咄嗟に逆探知の可能性が頭を過る。スマートフォンで桐島に連絡すると、即座に対応する旨の返事があった。

だが声の主は、その対応をせせら笑う。

『言っておきますけど逆探知は無駄です』

「せめてあなたの名前を言ってくれませんか」

『有働さゆり』

「用件は」

『次の犯行予告。今週金曜日、午後七時三十分』

明日ではないか。

『のぞみ107号東京発岡山行き。軽質ナフサ満タンの状態で爆発させる。どこで起爆するかは当日のお楽しみ』

「爆発する最寄りの駅はどこだ」

『ご健闘を祈ります』

「待て」

宮間の制止も空しく電話は一方的に切られてしまった。

告げられた内容の整合性を確かめようとする前に、桐島班の面々が宮間の周囲に集まってきた。

一番早く駆けつけたのが桐島で、珍しく怒りを露わにしている。

「通話時間が短過ぎて逆探知は無理だった。犯行予告とは舐められたものだ」

「どう思いますか」

「ガセだろうが本当だろうが、予告されたなら警戒するしかないだろう」

桐島は宮間の前に膝を詰めて座る。滅多にないことであり、事態が尋常ならざるものであるのを示している。

「それにしても新幹線か。利用客が多い割りには警戒の脆弱な場所を選んできたか」

桐島が憎々しげに言うのももっともだった。

二〇一五年六月三十日、新横浜・小田原《おだわら》間を走行していた新幹線の中で七十一歳の男が焼身自殺を図り、五十二歳の女性を巻き添えにした上で火災を起こした。

事件を受けて国交省は緊急会議を開き、駅構内や新幹線車両内の巡回強化を事業各社に要請した。事業会社のうちJR東海とJR西日本は客室内に常時撮影の防犯カメラを新設すると発表した。しかし肝心の手荷物検査に関しては新幹線の利便性を失うとして実施には踏み込まなかった。

更に三年後の二〇一八年六月九日、やはり新横浜・小田原間を走行中の車内で二十二歳の男が隣に座っていた女性に鉈《なた》で切りつけた。止めに入ろうとした三十八歳男性にも執拗に切りつけ、この男性を死に至らしめた。

当該事件の発生直後、事業各社は警備員の増員と防護盾・刺叉《さすまた》など防護用具の設置、加えて緊急用グループ通話システムの整備を発表した。だが、空港と同様の手荷物検査の導入にはやはり否定的だった。利便性を損ない、利用客が減るのを恐れたからだ。

「我々警察は当初から手荷物検査の必要性を訴えてきた。公共の利益は大事だがテロ対策はもっと重要のはずだ。だが国交省ならびに鉄道各社は聞く耳を持たなかった。今年になって鉄道運輸規程を改正して梱包《こんぽう》されていない刃物の持ち込みを禁止したが、乗車前に検査をしなければ有名無実でしかない」

桐島の憤懣《ふんまん》は捜査員一同の気持ちを代弁している。もし鉄道各社が乗客の手荷物検査を早期に実施していれば、今ごろ有働さゆりごときのテロ計画に怯える必要もなかった。

「タレコミ、有働さゆり本人だと思いますか」

「番号札について言及している以上、本人と考えざるを得ないだろう。ただし犯行予告の内容については疑うべき点が多々ある。まず爆破対象の車両を特定していることだ」

「のぞみ１０７号、東京駅19：30発。金曜日のこの時間帯、乗車率は軒並み１００パーセント超えです。現在走っている７００系・Ｎ７００系は十六両編成で千三百二十三席。仮に走行中に車両が爆破されたら千人単位の犠牲者が出る上、場所が市街地であった場合、当該住民への被害も甚大です。狙いどころとしては最悪ですよ。富士見インペリアルホテルや高速バスの時の比じゃありません」

「想定される被害を考えれば、狙われて無理もない。しかし爆破対象を指定されて、我々が何もせずに静観するとは相手も考えていないだろう」

「陽動作戦ということですか」

「そうとも言い切れん。陽動作戦と思わせておいて予告通りに実行する可能性もある。こちらを疑心暗鬼にさせた段階で、有働さゆりは目的を半分達成しているようなものだ」

桐島の言葉に合点がいった。

陽動作戦であろうとなかろうと、予告された以上は東京駅のみならず主要な駅の構内全てに警官を緊急配備しなくてはならない。それだけで警察の機動力は大きく殺《そ》がれる。別の場所で事件を起こされれば当然初動が遅れてしまう。

「いっそ、その日の新幹線の運行を止めてもらってはどうですか」

無茶な提案をしたのは宮藤だ。だが宮間は笑えない。関わった大型バス爆破事件への後悔の念が言わせた提案に相違なかった。

「利用者の足を奪うことになりますが命を奪われるよりは数段ましでしょう」

「国交省やＪＲが首を縦に振ると思うか」

桐島は宮藤の顔を見ようともしなかった。

「さっきの話を聞いていなかったのか。火災に殺傷事件と相次いで重大事件が発生したにも拘わらず、鉄道各社はリスクよりも利便性を選んだ。捜査本部が犯行予告の可能性を説いたところで、警備を万全にしてくれとこちらに要請してくるのが関の山だ。決して新幹線の運行を止めようとはしない」

「しかし班長。これは対テロ対策ですよ。もし警察の勧告に従わずに新幹線を走らせて、予告通り車両が爆破されたら利便性もクソもないでしょう」

「その場合は警備が手薄だったとして警察を婉曲的《えんきょくてき》に非難してくるだろうな。いずれにしても鉄道各社には利用者の利便を図るという大義名分がある。利用者にしたところで生活の足を奪われるのは嫌だから、全線運行停止には諸手《もろて》を挙げて賛成しかねる」

桐島には一般市民を蔑視する傾向があるが、捜査本部延いては警察の威信を第一に考える桐島らしい言説だった。言い返された宮藤も予想していた回答だったらしく、諦め顔で頷いている。

「のぞみ107号の停車駅は品川《しながわ》・新横浜・名古屋・京都・新大阪・新神戸・姫路《ひめじ》・岡山の八駅だ。各府県警の協力を仰いで警官を配備するしかないな」

恐る恐るといった体で葛城が口を差し挟む。

「でも駅に警官隊がひしめいていたら、有働さゆりは構内にも入ってこないでしょうね」

「もちろん新幹線爆破を阻止する前提だが有働さゆりも逮捕する。警官はホームに集中して待機させ、多くは利用客を装わせる。有働さゆりがホームに姿を現した瞬間に捕縛する」

桐島は計画を告げてから捜査員たちの顔を見回す。何か問題点があれば発言しろという目だ。

桐島の案はピンポイントに人員を投入するというものだ。妙手とは言い難いが、一番着実な手である。有働さゆりがホームに上がれば、その時点で退路は断たれる。爆発物を所持していたとしても、瞬時に取り押さえて身体の自由を奪ってしまえば深刻な事態は回避できるだろう。

誰も異議を唱えないのを確かめて、桐島は無言で立ち上がる。村瀬に報告と具申をしに行くに違いない。

桐島が部屋から出ていくと、宮藤が独り言のように呟いた。

「人海戦術に頼るのは織り込み済みとして、気になるのは有働さゆり本人からのタレコミだな。犯行予告なんてのは自己顕示欲の固まりみたいなヤツが犯人なら頷けないこともないが、それが有働さゆりとなると引っ掛かる。宮間はどう思う」

いきなり話を振られたが、一連の事件に関して宮間なりの感触は持っている。

「有働さゆりの自己顕示欲がどれほどのものかは不明ですが、今更という感がします。どうして今回に限って名乗り、犯行予告までしたのか。仮にこれが最後の仕事だとしても、事前に日時や対象物を捜査本部に告げて得になることなんか一つもないのに」

「つまり、やはり陽動作戦という読みか」

「ええ。しかし班長が言ったように、陽動作戦と怪しみながらも捜査本部は駅の警戒を怠ることができない。陽動でありながら攪乱でもある。全くよく思いついたものです」

「それに標的を特定してきたのも狡猾《こうかつ》だ。犯行予告をどこまで信じればいいのか。のぞみ107号と指定されたことで捜査本部はどうしても疑心暗鬼に陥る」

宮藤は吐き捨てるように言う。抜群の検挙率を誇る宮藤にして、有働さゆりは厄介極まる敵なのだろう。

「どのみち俺たちは有働さゆりの仕掛けたゲームに付き合うしかない」

「分の悪いゲームですよね」

「同感だ。だが分の悪いゲームほど勝った時の快感は格別だぞ」

宮藤はそこに集まった捜査員たちを見回して言う。

「有働さゆりにもう一度ヘルシーな食事と規則正しい生活を与えてやろうじゃないか」

捜査員たちはめいめいに頷いてみせる。

宮間もまた新たな緊張感に身を引き締める。有働さゆりが今までにない行動に出たことは、事件の終結を予感させている。

問題は、その終結がどういうかたちをしているかだ。


桐島の報告を受けた村瀬は直ちに緊急捜査会議を開き、明日は終日、東京駅に五百人の警察官を配備することを決定した。それだけの数の警官隊を東京駅一ケ所に投入する方針には津村一課長が異議を唱えたものの、村瀬の次のひと言で粉砕されたという。

「空振りなら嗤われて済む。もし予告通り走行中の新幹線が爆破されたら泣いたり笑ったりでは済まなくなる」

4

「さゆりさんは何を着ても似合うのね」

美智留ははしゃぐように言うが、当のさゆりは少しも嬉しくない。軽快に動けるようにとスリムフィットデニムとシャツとアポロキャップ。あと十も若ければ似合っていたかもしれないが、今は不相応でしかない。

美智留もお揃いの格好をしているが、不思議と似合っているので少し癪《しゃく》だった。首に巻いた真っ赤なスカーフがよく映えている。

「顔を隠すだけなら女優帽でもいいんだけれどバックパックを背負うとなると、どうしてもスポーティーな服になっちゃう。その格好はお気に召さないかしら」

「あまり着たことがない」

「そう。でもすぐに終わるから少しの間我慢して」

ウイークリーマンションを引き払う際、布団や着古し、指紋の付着した食器は全てゴミに出した。残ったのはわずかな着替えと現金だけだ。最後の仕事を終えた後は逃避行になるのだから身軽が一番いい。

マンションの前でタクシーを捕まえ、後部座席に乗り込んで東京駅へ向かう。運転手には気の合った女同士が小旅行に出掛けるように見えるだろう。車内の美智留は途端に口数が少なくなる。こちらから話し掛けても「うん」とか「そう」としか受け答えしない。なるべく印象を残すまいとする振る舞いはさすがだった。

思えば富士見インペリアルホテルから始めた一連の事件で表に出てきたのはさゆり一人で、指示役の美智留はずっと陰に潜んでいた。犯行現場に顔を出すのはこれが初めてだ。久本譲の乗車を確認するというやむを得ない事情があるにせよ、今回の例外はさゆりにとって僥倖と言ってよかった。

この機を逃す手はない。

美智留の思惑に気づいてからというもの、ずっと反撃する機会を窺ってきた。おそらくはこれが最初で最後のチャンスになるだろう。

美智留が軽質ナフサを東京・新横浜間で爆発させるつもりなのは分かっている。起爆装置は時限式という触れ込みだが、美智留のことだからリモート式に変更しているに違いなく、そうであればこちらの生殺与奪の権を握られている。立場を逆転させるには、まず対等の関係にする必要がある。

さゆりが考えた計略はのぞみ１０７号に美智留も同乗させることだった。当初の計画通り新幹線が新横浜駅を発車してから起爆させればよし、もしそれ以前に爆発させようとしても自分も乗っているからスイッチの押しようがない。美智留の選択肢としては途中下車するしかなく、さゆりはその上で決着をつけるつもりでいた。

デニムの前ポケットには千枚通しを忍ばせている。切っ先が生地を突き抜けることなくおとなしく収まってくれている。固い生地が凶器の形状を覆い隠しているので、美智留には気づかれていない。

「終わったら新横浜で落ち合うんだったわね」

「ええ」

「一段落してから祝杯でも上げる訳」

「あなたはどうしたいの」

「さっさと帰りたい」

「どこへ」

「さあ」

さゆりは少し考えてから言葉を継ぐ。

「わたしも知らない」

午後七時九分、二人を乗せたタクシーは東京駅八重洲《やえす》口に着いた。これから地方に戻る単身赴任のサラリーマンも多いのだろう、この時間の構内は利用客でごった返している。買い物客や誰かと会う約束をしている者もいるだろう。構内を支配する気忙《きぜわ》しさは幸せの象徴なのかもしれない。

さゆりは胸の奥でちくりと痛みを感じる。かつて家族がいた日々、自分にも気忙しい時間があった。子どもを学校に送り出し、家族分の洗濯をし、掃除を済ませ、夕食の下ごしらえをする。その間を縫ってピアノを弾く。当時はその忙しさを嫌悪していたが、家族も普通の生活も失った今となっては懐かしい。

美智留は自動券売機で指定席特急券を購入、見れば美智留が選択したのは五号車の席だった。

「もしかしたら今回の〈5〉の番号札って」

「そう。車両自体が番号札」

まるで鼻歌でも歌い出しそうな面持ちで美智留はチケットを差し出してくる。

「判じ物としては分かりづらいんじゃないの」

「大丈夫。捜査本部は〈5〉という数字に敏感になっているから必ず気づく」

「でも被害者が久本譲だと特定まではできない」

「別にそこまで紐《ひも》づけさせるつもりはない。わたしが満足すれば、それでいいんだから。じゃあ、これをお願い」

いきなり後ろを取られた。

身を捩《よじ》るような間もなく、さゆりは美智留がぶら下げていたバックパックを背負わされる。事前に調整していたのか背負うとストラップが隙間なく締まり、自分では即座に着脱できないほどきつい。

「中には軽質ナフサと起爆装置が入っている」

美智留はぼそりと言った。

「新幹線に乗り込む際に外してあげる。車内に入ったら久本の近くに置いて。座席の下なら巡回の警備員にも見つからないからベストね」

白々しいことを。

さゆりは胸の裡《うち》で毒づく。これで自分は爆弾を背負わされた。美智留がスマートフォンをタップした瞬間、さゆりの全身は弾け飛び、炎に包まれる。場所はどこでも構わない。車内だろうがデッキだろうが美智留の思いのままだ。

「扱いがひどいわね」

「何が。バックパックを手持ちにしたまま改札を通るのは不自然でしょ。警戒を怠らないで」

美智留は先導するようにさゆりの前を行く。爆弾を背負わされたさゆりは後ろをついていくしかない。命綱を握られた格好は屈辱以外の何物でもないが、拒むことはできない。

しかし、ここから反撃だ。

さゆりはデニムの後ろポケットに手を伸ばした。

前を闊歩する美智留の手首を摑み、ポケットから取り出した手錠を嵌める。

がちゃ。

相手が振り返る間に、手錠の片方は自分の手首に嵌める。

がちゃり。

美智留はいったん立ち止まり、己の手首を不思議そうに見つめる。

そうだ、この顔が見たかったのだ。さゆりは心の中で快哉《かいさい》を叫ぶ。手錠はアダルトグッズの店で購入したものだ。警察官が携帯している物とは比べものにならないが、要領や腕力だけで外れる代物でもない。

「何のつもり」

案に相違して美智留の声は落ち着き払っている。さゆりの勘違いを疑っているような風情にも見える。

「一緒に来てほしくて」

「今回に限って臆病風に吹かれたのかしら」

「最後なんだから、あなたも現場に立ち会いたいでしょう」

「立ち会わなくても、さゆりさんを信頼していたんだけどね」

美智留はやんわりと抗議しながら首に巻いていたスカーフを手錠の上に被せてしまう。

「いいわ。じゃあ一緒に行きましょう」

さゆりは呆気に取られる。爆弾を背負った人間と行動をともにするなど危険極まりないのだが、美智留は女子会に出掛けるような気軽さでまた歩き始める。

滅多にないことだが、さゆりは混乱する。

いったい、この女は恐怖を感じたことがあるのだろうか。不測の事態に慌てたことがあるのだろうか。

数ケ月付き合って、感情の起伏が乏しい女であるのは知っていた。感情の起伏が乏しく冷徹だからこそ、大勢の罪なき者を巻き込むテロを演出できた。美智留には同情も慈悲も共感もない。ただ目的を効率的に達成するためのプランがあるだけだ。おそらく人を人とも思っていない。彼女の目には他人が虫けらくらいにしか映っていないのだろう。

さゆりも他人の命など歯牙にもかけないが、少なくとも相手を同族だと認識している。同族と認識しているからこそ、相手の生命を奪うことに興奮と愉悦を覚える。だが美智留にはその感情すら縁遠いようだ。

タヌキとアライグマのように似た者同士でありながら実際には違う生き物。自分と美智留は、きっとそういう関係に違いない。

手錠で繋がれたまま、美智留は改札口へとさゆりを連れていく。どうやら自分も車両に乗り込む覚悟を決めたらしい。元々神経が図太いのか、やはり恐怖心そのものが欠落しているのか。

だが、彼女は自動改札機の手前でぴたりと足を止めた。

「あら、残念」

美智留が足を止めた理由はさゆりにも分かった。

警官だ。

改札の向こう側を行き来する利用者の中に警官の姿があった。制服姿の者は数人程度だが、私服警官はその四倍ほどもいる。本人たちは一般人を装っているつもりだろうが、たとえ和服を着ようが作業着に身を包もうが、長年の警官暮らしで染みついた臭いは到底消せるものではない。特にさゆりのように彼らから逃げている人間には強烈な臭気でもある。

「さゆりさんにも分かる？」

「丸分かり」

「プランＢに変更」

「何よ、プランＢって。そんなの聞いててな」

「回れ右」

皆まで言わせず、美智留は方向転換してさゆりを引っ張っていく。来た道を戻って構内から出るつもりかと思ったが、何と美智留の向かう先は在来線の改札口だった。

「ちょっと」

さゆりの声に耳を貸す様子もなく、美智留は改札を抜けていく。手錠で繋がれたさゆりも否応なく引っ張られる。

警官の姿が目立っていたのは新幹線の改札だけで、不思議とこちらにそれらしき影は見当たらない。どうやら警察はピンポイントに警官たちを配備したらしい。

計画していたかのように、美智留は迷うことなく4番線山手線《やまのて》内回りへのエスカレーターに乗る。二人の間にはスカーフに覆われた手錠。傍目からも奇妙に見えるはずだが、周囲の利用客たちは一瞥するだけで無関心を決め込んでいる。ひょっとしたら中年女性同士のカップルか何かと勘違いしているのかもしれない。

いきなり、美智留はさゆりを抱き締める。咄嗟のことにさゆりが反応できずにいると、彼女の指がデニムの後ろポケットに伸びてきた。

あっと叫ぶ間もなかった。美智留は手錠の鍵を抜き取るや否や、あろうことかエスカレーターの上から放り投げてしまった。

「これで一蓮托生《いちれんたくしょう》という訳ね」

ほどなくして滑り込んできた車両に二人で乗り込む。乗車率は120パーセントといったところだろうか、会社帰りのサラリーマンやOLが半ば疲れ半ば解放された表情で吊革《つりかわ》に摑まっている。

『発車します。ドアにご注意ください』

ドアが閉まり電車が動き出すと、美智留が耳元で囁いた。

「どうして山手線を選んだか分かる」

「ただの気紛れじゃなさそうね」

「皇居の周りを延々と回り続ける。終着駅がないから、いつまでもいつまでも乗っていられる。クビを切られたサラリーマンやわたしたちみたいな暇人には、うってつけの時間潰し」

「あなたと一緒にしないで」

「どうして。さゆりさんだって時間を持て余しているはずよ。逃げてはいるけど、差し迫ってしなければならないことはない。人生の目標もなければ締め切りもない。縛られる良識も規範もない。悪徳という名前の自由。自由という名前の退屈」

美智留の自己陶酔に付き合うつもりは毛頭ない。

「背中に爆弾背負わされて何が自由だか」

さゆりはバックパックを脱ごうとして身を捩るものの、ストラップがきつくて外せない。

次の瞬間、さゆりは自分の失策に気がついた。

仮にストラップから腕を抜いたとしても右腕の先は手錠で美智留と繋がっている。手錠を外さない限り、さゆりは爆弾入りのバックパックを放り出すことができない。

「やっと呑《の》み込めたみたいね」

美智留はこちらの反応を愉しむかのような目で覗き込んでくる。

「さゆりさんはもうわたしから逃げられない」

「どうしてこんなことを」

「あなたが悪いのよ。先に裏切ろうなんてするから」

「その言葉、そっくり返す。先に裏切ろうとしたのはそっちでしょう」

「裏切るだなんて。最後に共犯者を始末するなんて当然のことじゃない」

「反撃も予想していたの」

「唯々諾々と指示に従うだけの木偶《でく》の坊《ぼう》じゃないのは最初から分かっていた」

ふっと全貌が見えた気がした。

『次は神田《かんだ》、神田です。お出口は左側です』

「構内に警官が溢《あふ》れていたのも、あなたの差し金ね」

「さゆりさんの名前で捜査本部にチクったら、あっと言う間に緊急配備。どうせ新幹線にわたしを同乗させて起爆させないつもりだったんでしょうけど、だったら直前で計画を変更すればよかった。被害の規模は小さくなるけれど、新幹線に拘らなければ乗り込む電車はいくらでもある」

美智留はちらとスカーフに視線を移す。

「でも、まさかこんなものを用意しているなんてね。さすがに読めなかった」

だが悔しいかな大勢はあまり変わっていない。依然として自分は爆弾を背負わされ、相手は手元の操作でいつでも起爆スイッチを押せる。せめてもの慰めは、美智留もまた我が身の安全から起爆できない点だ。

すると美智留は、こちらの思惑を見透かしたように薄く笑った。

「わたしが我が身可愛《かわい》さに起爆を躊躇する女だと思う？　言ったでしょ、退屈してるって」

「死ぬのが怖くないの」

「死ぬことよりも退屈の方が怖い」

美智留の目を覗き込む。ガラス細工のように綺麗だが、およそ感情が見えない。恐怖も欲望も同情もなく、ただぽっかりと虚《うつ》ろが空いているだけだ。

危険だ、と動物的な直感が警報を発した。

千枚通しを取り出してストラップの表面に突き立てる。だがどんなに切り裂こうとしてもストラップはびくともしない。ならばと自分で噛み切ろうと試みたが、文字通り歯が立たない。

「一生懸命なところを申し訳ないけど、そのバックパック、ケブラー繊維が織り込まれていて、ちょっとやそっとじゃ切れないようにできているから」

では、これならどうだ。

さゆりは切っ先を美智留の胸に突き立てる。

「スマホを渡して」

「嫌」

警告のつもりで少し力を入れてみる。

意外にも切っ先は一ミリも沈まない。

「折角だけど、このシャツにもケブラー繊維が織り込まれている。その下には防弾チョッキ。接近戦に自信があるみたいだけど、いざとなったらいい勝負になるかもしれない。もっともわたしが起爆スイッチを押せば、全部一斉終了になってしまうのだけれど」

二人のやり取りに、そろそろ周囲の乗客が気づき始めた。さっと飛び退《の》く者、恐る恐る距離を取る者と様々だが、中には車両を移った者もいる。事によると車掌を呼びに行ったのかもしれない。

鉄道警察隊にでも踏み込まれたらお終《しま》いだ。一刻も早く、この車両から脱出しなければならない。

『神田、神田』

恐怖を感じたらしき者も含め、どっと客が下車する。だが、逆に何も知らない客が乗り込んできて相変わらずの混雑ぶりとなる。

『発車します。ドアにご注意ください』

美智留を何とか殺せたとしても手錠で繋がれたままではどうしようもない。そもそも闘いの最中に美智留が起爆スイッチを押さない保証はどこにもない。

「今、必死に考えているんでしょう」

美智留は意地悪く尋ねてくる。

「バックパックを下ろさなければ、いずれあなたは爆死するか焼死する。それには手錠を外す必要があるけど肝心の鍵はわたしが投げ捨ててしまった。わたしをここで殺したらスマホを奪うことはできるけど、あなたは重い死体を引き摺《ず》りながら移動する羽目になる。足止めを食えば鉄道警察隊が到着してあなたを逮捕する。富士見インペリアルホテルからフィットネスクラブの事件まであなたはずっと実行犯で、しかも医療刑務所を脱走している。逮捕されても抗弁一つできない。唯一の武器である千枚通しではバックパック一つ破れない」

ゆっくりと両側の口角が上がる。妖艶とも言える魅惑的な笑み。だが、およそ人とも思えない嗤い顔。

唐突にさゆりは理解した。この嗤いこそが美智留の本質なのだ。他人の懊悩《おうのう》、苦痛、絶望、断末魔。それらを傲然と見下ろして嗤うためだけに人生を費やしている。

何のために。

答えは今しがた美智留本人が口にした。

退屈を紛らわすためだ。

「こういうのを進退窮まると言うのかしらね。さあ、さゆりさん。あなたはどうやって、この危機を脱するの。わたしはすごく興味がある」

瞬間、美智留の目が輝きを増した。瀬戸際に追い詰められたさゆりが悪足掻《わるあが》きするさまを、思う存分愉しんでやろうという目だった。

『次は秋葉原、秋葉原です。お出口は左側です』

車内からの連絡を受けた鉄道警察隊が秋葉原駅あるいは御徒町《おかちまち》駅で待機しているかもしれず、踏み込まれたら万事休すとなる。もう一刻の猶予もなく、さゆりは決断しなければならなかった。

「人生は選択の連続ね。さゆりさん」

嬉しそうな顔をしゃがって。

やがて電車が速度を緩め始めた。

さゆりは美智留を睨みつけると大きく口を開いた。

咬《か》み千切ってやる。

＊

秋葉原駅に到着した電車のドアが開くと、一斉に客が吐き出された。元々、秋葉原駅で下車する予定の者もいただろうが、車内での惨事に怯えて飛び出していった客も少なくないだろう。今しがたまでさゆりの立っていた場所にはわずかな血痕とバックパックが落ちている。一人残された格好の美智留はバックパックを拾い上げると、下車する客たちに紛れて車外へ出る。

駅構内は利用客でごった返している。その中には制服警官の群れも認められ、ちょっとした騒乱状態だった。警官たちの慌てぶりから察して、まださゆりは身柄を確保されていないようだ。

全く、予想外の行動をしてくれる女だ。

美智留は久しく覚えなかった感覚を愉しむ。自分の予想を覆されることがこれほど悔しくて心地よいものだとは、ついぞ知らなかった。

進退窮まったさゆりの採った行動はトカゲの尻尾切りに似ていた。彼女はいきなり自分の親指を咬み千切り、手錠から無理やり片手を抜き出してしまったのだ。

ケブラー素材のストラップはもちろん手錠も歯では咬み切れない。だが人体なら可能だ。親指を第二関節から切断してしまえば、手錠から手を抜き出せる。理屈では分かっていても実行する者はほとんどいない。刃物で切断しても相当な痛みなのだ。自分で咬み切るなど正気の沙汰ではない。
ところがさゆりはそれをやった。そして美智留が気を取られている隙にバックパックを下ろしてドアから飛び出していったのだ。

見上げた根性だと感心する。以前ピアノを弾いていたさゆりにとって親指を欠損することは想像以上の喪失だろうに、彼女は一切の迷いも見せなかった。自ら咬み千切った親指を持ち帰ったのは再接着の可能性を考えたからか。

いずれにしてもさゆりは美智留の支配から飛び出し、美智留はさゆりの反撃を最小限に抑えることができた。今回は引き分けと言っていいだろう。

元々、美智留の計画にさほど積極的な動機など存在しなかった。ただ今後の行動に障害となる要素を排除しておきたかっただけだ。富士見インペリアルホテルでの大量毒殺は、たった一年間だけでもクラスメイトであった人間を始末したかったからだ。日坂浩一のブログで同窓会が開催されるのを知った美智留は直ちに全員を毒殺する計画を立てた。それにはクラスメイトに顔を知られた自分が表に出る訳にはいかない。別の誰かを実行役に仕立てる必要がある。

そんな時に出逢ったのが有働さゆりだった。医療刑務所を脱走しているのは後で知ったが、深夜のファミリーレストランで見かけた瞬間に、殺人に免疫を持っていると感じたのは見込み通りだった。

続く高速バスの爆破は、親戚筋でただ一人残った野々宮照枝の口封じが目的だった。これまでも美智留は定期的に野々宮照枝の動向を探っていた。自宅に盗撮カメラを仕掛け、機会を窺っていた。彼女が戸狩への一泊ツアーに参加すると知り、参加者ごと全員葬ることに決めた。

三件目の校舎放火事件は美智留の在籍記録を抹消するのが本当の目的であり、大塚久博の殺害自体は目眩ましでしかない。美智留は独自に作成していた前科者のリストから現在も教員を務めている大塚を選択し、フェイスブックを通じて彼を脅迫した。後は在校生の中で学校に不満を抱いている生徒を唆せばいい。自らネットに悩みを投稿していた烏丸鷹也を釣り上げるのは造作もないことだった。事実、〈アルテミス〉を名乗る美智留の誘導に烏丸鷹也は易々と搦め捕られた。

美智留の実母である倉間佳織の日常を把握するのは更に簡単だった。離婚して実家に戻っていることは知っていたから、定期的にポストの中を漁っていれば郵便物の種類だけでも生活が浮き彫りになる。母親が〈ヤマギシ・フィットネスクラブ〉の会員であるのは容易に知れた。経営者の山岸竹富が開設したブログを眺めていると、その文面からは経営難に苦しむ山岸の姿が浮かぶ。経営コンサルタントを名乗り彼をそれとなく保険金詐欺に誘導するのは、赤子の手をひねるようなものだった。

捜査本部も手もなく誤導に引っ掛かってくれた。犠牲者の一人に番号札を持たせただけであらぬ方向を探ってくる。警視庁には過去に美智留の事件を追っていた刑事もいるからいずれ彼女の関与を疑う者も出てくるだろうが、少なくとも今ではない。彼らが気づく頃には、美智留の過去を知る者と記録は消滅しているという寸法だ。

全てが思惑通りだったが、唯一の計算違いはさゆりのサバイバル能力だった。彼女を仕留められなかったのはつくづく悔やまれる。

しかし一方、密かな楽しみでもある。自分とさゆりは全く違う生き物だが共通点も少なくない。運よく再会した時、また共闘を組むのかそれとも殺し合いになるのか興味は尽きない。でも、なるべくならどこかで野垂れ死にしてほしいのだけれど。

美智留は片手にぶら下げた手錠をスカーフで隠しながら電気街改札へと向かう。金曜日の夜、秋葉原の街は浮かれた通行人たちで大いに賑わっている。

その群れを眺めながら美智留は秘めやかに嗤う。

初出　「Webジェイ・ノベル」配信

一　日坂浩一　　2020年10月13日・11月10日
二　高濱幸見　　2020年12月8日・2021年1月19日
三　大塚久博　　2021年2月9日・3月9日
四　古見千佳　　2021年4月13日・5月11日
五　有働さゆり　2021年6月8日・7月13日

連載時タイトル「嗤う淑女たち」を改題し、加筆修正を行いました。

本作はフィクションです。登場する個人、政党、企業、団体、地域その他は実在のものと一切関係ありません。（編集部）

[著者略歴]
中山七里（なかやま・しちり）
1961年岐阜県生まれ。2009年、『さよならドビュッシー』で第8回『このミステリーがすごい！』大賞を受賞し、翌年デビュー。以後、ミステリーを軸に精力的な執筆を続けている。2020年には作家デビュー10周年を迎え、12ヶ月連続での新作刊行を達成した。近著に『銀齢探偵社 静おばあちゃんと要介護探偵2』『復讐の協奏曲』『境界線』『ラスプーチンの庭』『ヒポクラテスの悔恨』など、多数。

嗤《わら》う淑女《しゅくじょ》 二人《ふたり》

2021年 9 月 15 日　初版第 1 刷発行
2021年 11 月 20 日　初版第 3 刷発行

著　者／中山七里
発行者／岩野裕一
発行所／株式会社実業之日本社
〒107-0062
東京都港区南青山5-4-30　emergence aoyama complex 2F
電話（編集）03-6809-0473　（販売）03-6809-0495
https://www.j-n.co.jp/
小社のプライバシー・ポリシーは上記ホームページをご覧ください。

ＤＴＰ／ラッシュ
印刷所／大日本印刷株式会社
製本所／大日本印刷株式会社

ISBN978-4-408-53794-8（第二文芸）